U0692873

近思錄

看葉閒語

辛德勇 著

浙江大学出版社
ZHEJIANG UNIVERSITY PRESS

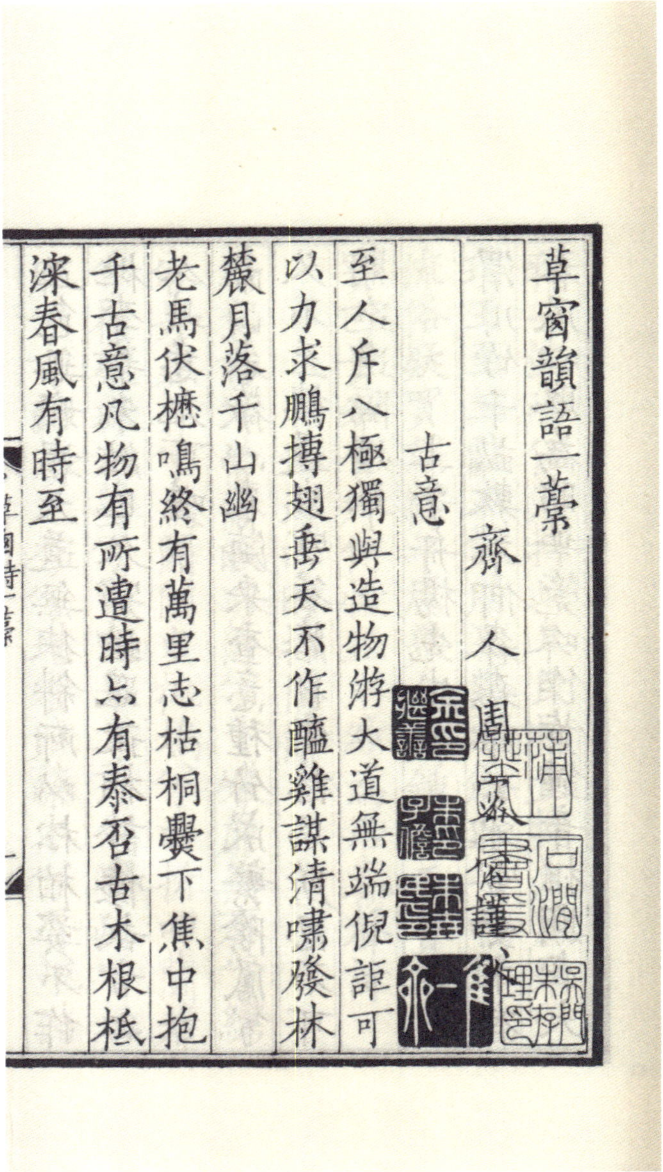

草窗韻語一藁

齋人周密公謹父

古意

至人斥八極獨與造物游大道無端倪詎可以力求鵬摶翅垂天不作醯雞謀清嘯發林麓月落千山幽

老馬伏櫪鳴終有萬里志枯桐爨下焦中抱千古意凡物有所遭時亦有泰否古木根柢深春風有時至

草窗詩一藁

河汾堂影印民国蒋汝藻景宋覆刻《密韵楼七种》本《草窗韵语》

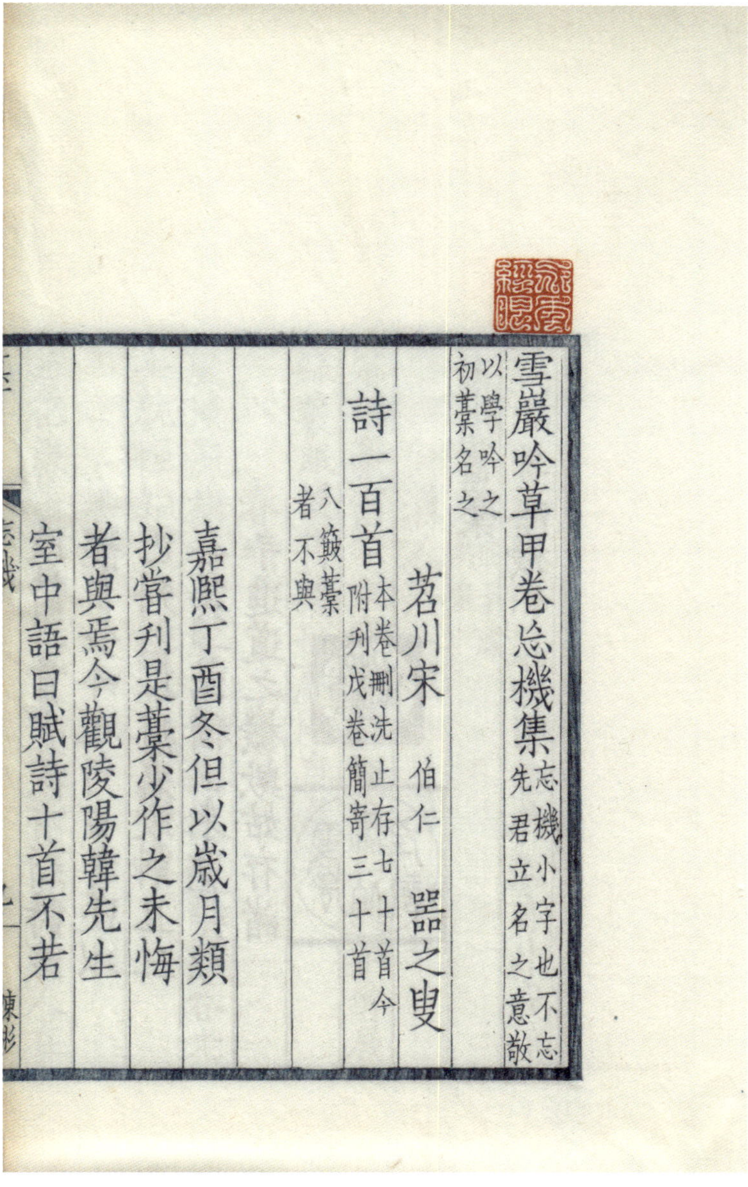
雪巖吟草甲卷忘機集忘機小字也不忘先君立名之意敬以學吟之初藁名之

茗川宋　伯仁　器之叟

詩一百首本卷刪洗止存七十首今附刊戊卷簡寄三十首八箴藁者不與

嘉熙丁酉冬但以歲月類抄嘗刋是藁少作之未悔者與焉今觀陵陽韓先生室中語曰賦詩十首不若

民国蒋汝藻景宋覆刻《密韵楼七种》本《雪岩吟草甲卷忘机集》

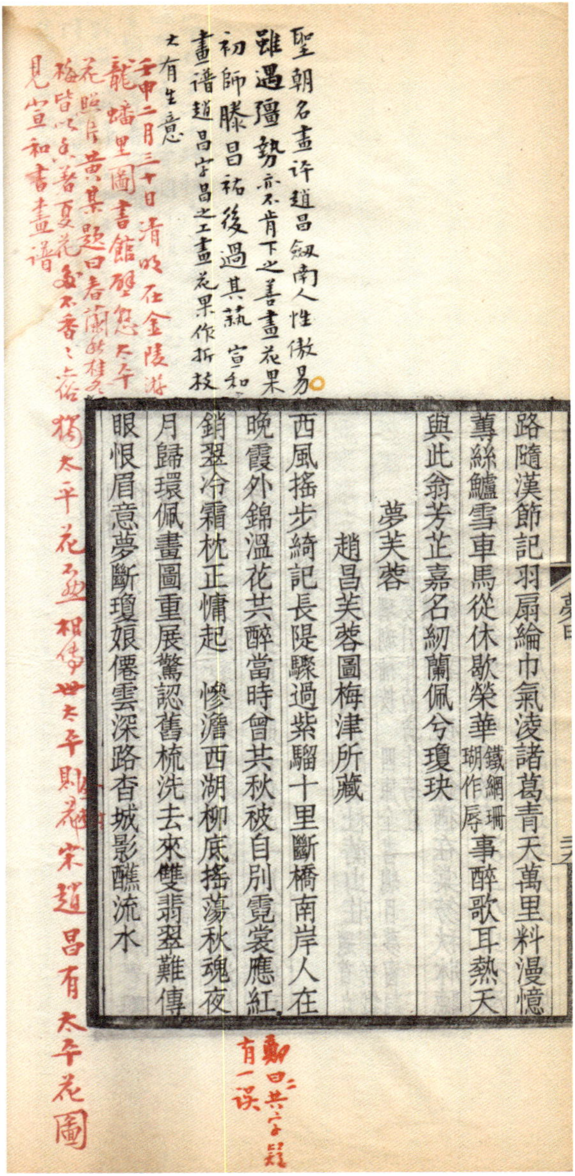
聖朝名畫評趙昌劍南人性傲易
雖遇彊勢亦不肯下之善畫花果
初師滕昌祐後過其藝 宣和
畫譜趙昌字昌之工畫花果作折枝
大有生意
壬申二月三十日清晓在金陵游
龍蟠里圖書館
路隨漢節記羽扇綸巾氣淩諸葛青天萬里料漫憶
蓴絲鱸雪車馬從休歇榮華鐵網珊瑚作辱事醉歌耳熱天
與此翁芳芷嘉名紉蘭佩兮瓊玦
夢芙蓉
趙昌芙蓉圖梅津所藏
西風搖步綺記長隄驟過紫騮十里斷橋南岸人在
晚霞外錦溫花共醉當時曾共秋被自別霓裳應紅
銷翠冷霜枕正慵起　慘澹西湖柳底搖蕩秋魂夜
月歸環佩畫圖重展驚認舊梳洗去來雙翡翠難傳
眼恨眉意夢斷瓊娘僊雲深路杳城影蘸流水
宋趙昌有太平花圖
見宣和書畫譜

桐城方氏批本《梦窗甲乙丙丁稿》卷末的壬申年批语

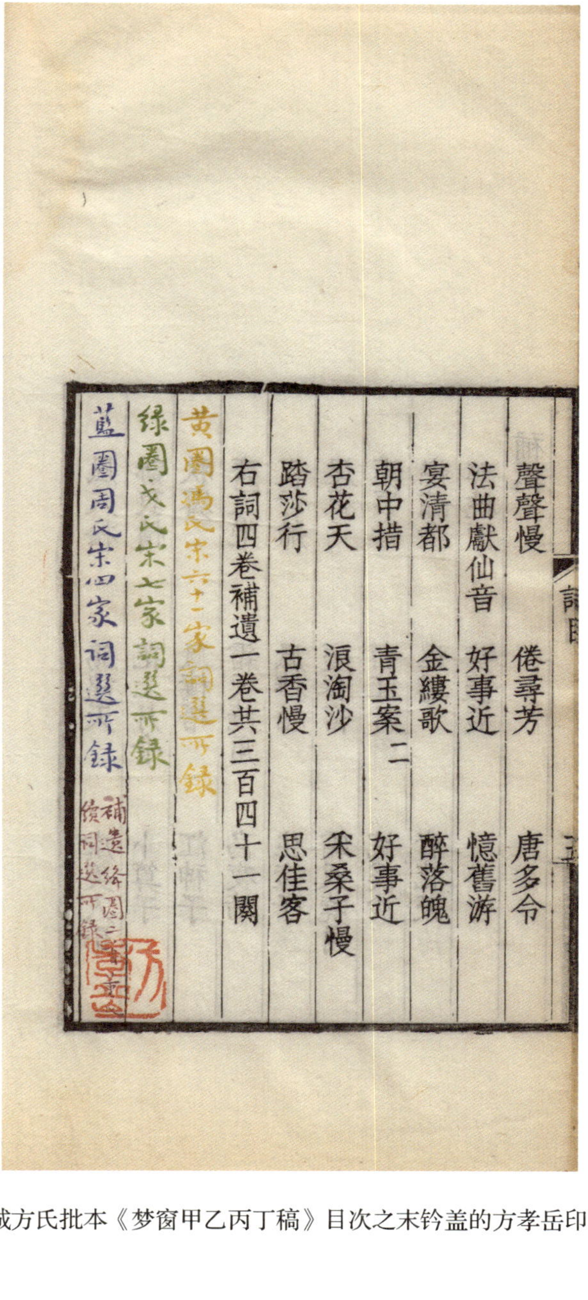
聲聲慢　倦尋芳　唐多令
法曲獻仙音　好事近　憶舊游
宴清都　金縷歌　醉落魄
朝中措　青玉案二　好事近
杏花天　浪淘沙　采桑子慢
踏莎行　古香慢　思佳客
右詞四卷補遺一卷共三百四十一闋
黃圈馮氏宋六十一家詞選所錄
綠圈戈氏宋七家詞選所錄
藍圈周氏宋四家詞選所錄
補遺綠圈二首
續詞選所錄

桐城方氏批本《梦窗甲乙丙丁稿》目次之末钤盖的方孝岳印章

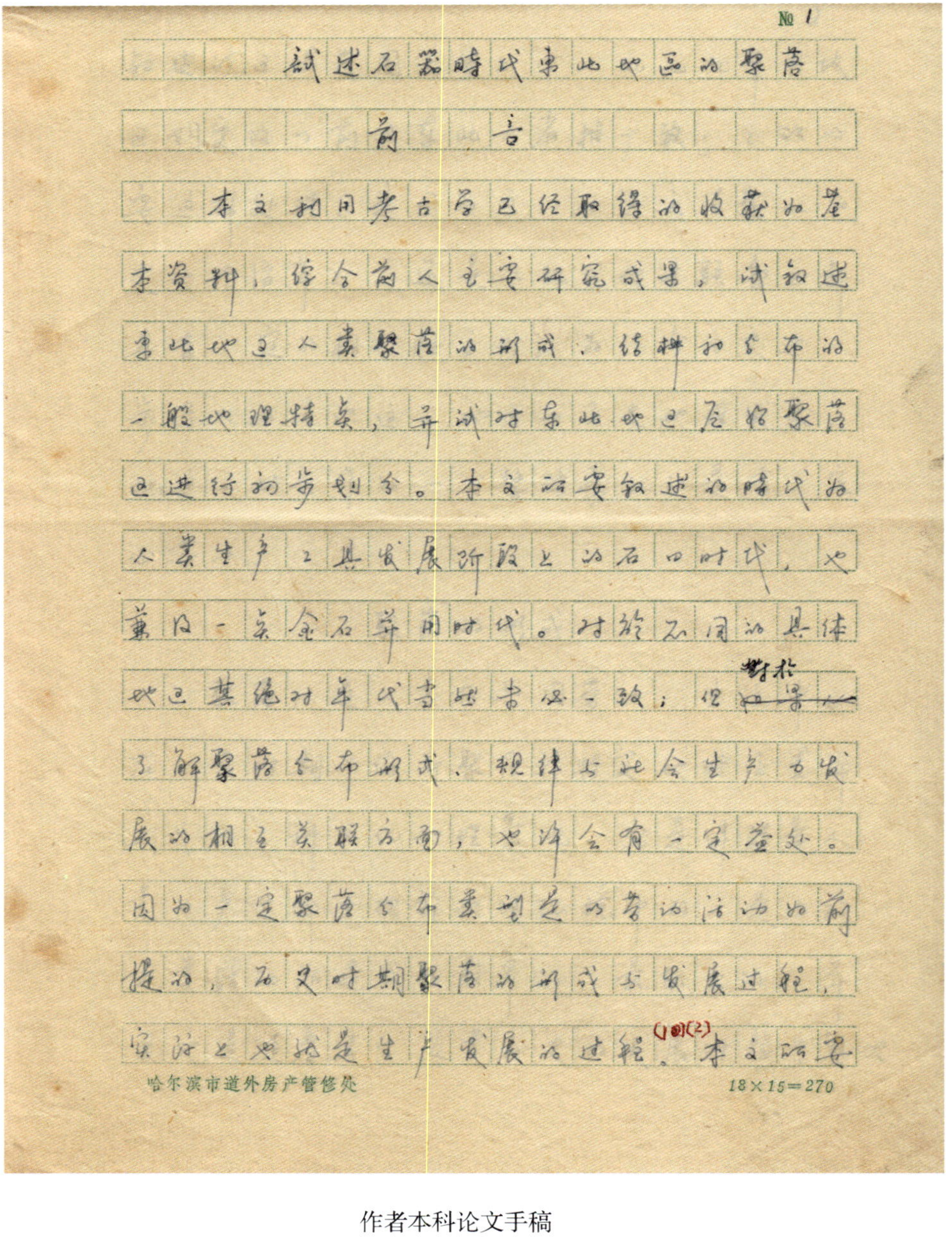
No 1

试述石器时代东北地区的聚落

前言

本文利用考古学已经取得的收获的基本资料，综合前人主要研究成果，试叙述东北地区人类聚落的形成、结构和分布的一般地理特点，并试对东北地区原始聚落区进行初步划分。本文所要叙述的时代为人类生产工具发展阶段上的石器时代，也兼及一点金石并用时代。对于不同的具体地区其绝对年代当然未必一致；但对於了解聚落分布形式、规律与社会生产力发展的相互关联方面，也许会有一定益处。因为一定聚落分布类型是以劳动活动为前提的，历史时期聚落的形成与发展过程，实际上也就是生产发展的过程。本文所要

哈尔滨市道外房产管修处　　18×15=270

作者本科论文手稿

自　序

这些杂七杂八的文稿，又可以编成一册小书了。

翻看上一册同类小书《翻书说故事》的序文，题署的时间，是今年年初的1月，到现在还不到四个月。

虽然编在这里的文稿有些是在把《翻书说故事》交给出版社之前就已经写成了的，但对于一个从事历史学教学和研究的职业学人来说，这类东西，确实写得有点儿多了。这主要是因为身体还不是很好，不敢花力气去写很费劲的研究论文，而由于种种缘由，又有一些经历，需要记录下来；有一些想法，想要表达出来——或关于自己，或关于自己所从事的职业和身处的时世。于是，就有了这些杂乱的文字。

近年来，对做人做学问，都常常会有一些虽很肤浅但却很强烈的感想。

今年春天，是我们七七级大学生走入大学校园整整四十周年。写《青春的纪念：我的本科毕业论文和我的大学时代》这篇文稿，让我回想起很多很多。

在2014年的燕京学堂事件中，我在呈送给当时一位常务副校长的信中写道："相信您和我一样，清楚记得我们的青春岁月，记得我们对知识和真理的憧憬，记得我们那一代人为实现社会正义走过的路程，包括那些走在我们队列最前面，已经为之献身的朋友。"这样说，是因为北大这位副校长也是七七级本科生。那一个年级的学生，在中国历史上的经历，是非常特殊的。他是否用心读过我的信，不得而知，其实也并不重要，或许这只是我一厢情愿的想法。同年或同学走入完全不同的人生道路，古往今来，都是很正常的事。人都年轻过，也都会老，但能够在人生的路上始终怀抱自己年轻时对知识和真理的憧憬，这样的人，实在不是很多，我们那一代人也是这样。

四十年，一路走来，我一直努力坚守着自己的憧憬，希望自己努力多学得一些老一辈的治学精神和方法，希望中国的学术日益兴旺，希望中国的社会能够像我们那一代人所期望的那样一天比一天更加美好。

时间在淘洗着一切，我们那一代人中的英雄豪杰也已日渐衰老；更有很多优秀的同年人，已经倒在了这条前行的路上。每当我看到这些人，想起这些人，都会为自己的懦弱、苟且和庸劣感到羞愧，能够努力践行当年憧憬的一点点事情，只剩下埋头苦干以做好自己的教学和研究工作了。如果说，我写下编录在这里的这些文稿，除了个人的学术旨趣之外，还另有什么潜在内涵的话，那就是这样的人生追求了。

中国传统的书籍，在正文之前，往往会多订上一两页空白的纸张，谓之“看叶”或者“护叶”，可以保护书籍的内文，读书人也可以在上面随手写些感想或是题跋。收在这里的文章，都不过是读书过程中一时的心得；对于严肃的学问家来说，都是可说可不说的闲话。所以，我用“看叶闲语”来作为这本小册子的名目。

2018 年 5 月 14 日记

目　录

读司马光《答范梦得书》

我写《制造汉武帝》，谈司马光对汉武帝晚年政治形象的构建。有些人不以为然，另有人把我和别的“制造”者相比，还有人随之造出来不少别的东西。这些，与敝人的论述，没有什么实质性的联系，我并不关心。

对于那些真心阅读拙作的读者，我前后写过几篇东西，阐释自己的著述宗旨和论述方式，其中《从尚功到守文——司马光如何构建汉武帝》和《为什么要写〈制造汉武帝〉》，都已收入拙著《祭獭食跖》。另有《〈制造汉武帝〉的后话》这一篇讲稿，更系统地讲述了我的想法。这篇讲稿收入拙著《书外话》，查看也不困难。

今读司马光《答范梦得书》，其中谈到《通鉴》的史料抉择原则，有如下一段话：

> 其修长编时，请据事目下所该《新》《旧》纪、志、传及杂史、小说、文集，尽检出一阅。……其实录、正史未必皆可据，杂史、小说未必皆无凭，在高鉴择之。（见四川大学出版社本《司马光集》之补遗卷九）

范梦得是协助司马光撰著《通鉴》的范祖禹，上面这段话，是司马温公在指点范祖禹怎样为他做好资料长编的纂集工作。知晓司马光在此特别强调小说的价值和作用，也就更容易理解他在塑造汉武帝晚年政治形象时采录《汉武故事》之类的小说，自属刻意为之。

从表面上看，“实录、正史未必皆可据，杂史、小说未必皆无凭”这两句话，讲得似乎也很有道理，但这只有站在以实事求是为基础的客观立场上来判断史事的“可据”或者“无凭”，看起来很美的“道理”才能够成为一个真正的“道理”。

然而在撰著史书时对客观性的追求这一点上，司马光却显然不是这样一个实事求是的人。司马温公的基本出发点，我在《制造汉武帝》一书中已经谈到，这就是他在《史剡》中讲到的对那些不合他心意的事情“存之不如其亡者”。于是，我们就看到了他在《资治通鉴》恣意构建的汉武帝晚年政治形象。从骨子里就想这么干，这一点儿也不奇怪。

需要衷心感谢广大热心读者的是，《制造汉武帝》的前后两次印本，现已基本售罄。我已和生活·读书·新知三联书店大体谈好，近日将再次重印这本小书。为帮助读者更好地理解此书，这次重印，拟增附《制造汉武帝》出版后所撰《汉武帝太子据施行巫蛊事述说》一文，以及《〈制造汉武帝〉的后话》。前者是补充说明书中没有详细展开论述的戾太子行用巫蛊的史实，希望能够破除一些读者对这一点的疑惑。总之，假如顺利重印出来的话，这实际上是一部增订本。

2015 年 5 月 14 日晚记

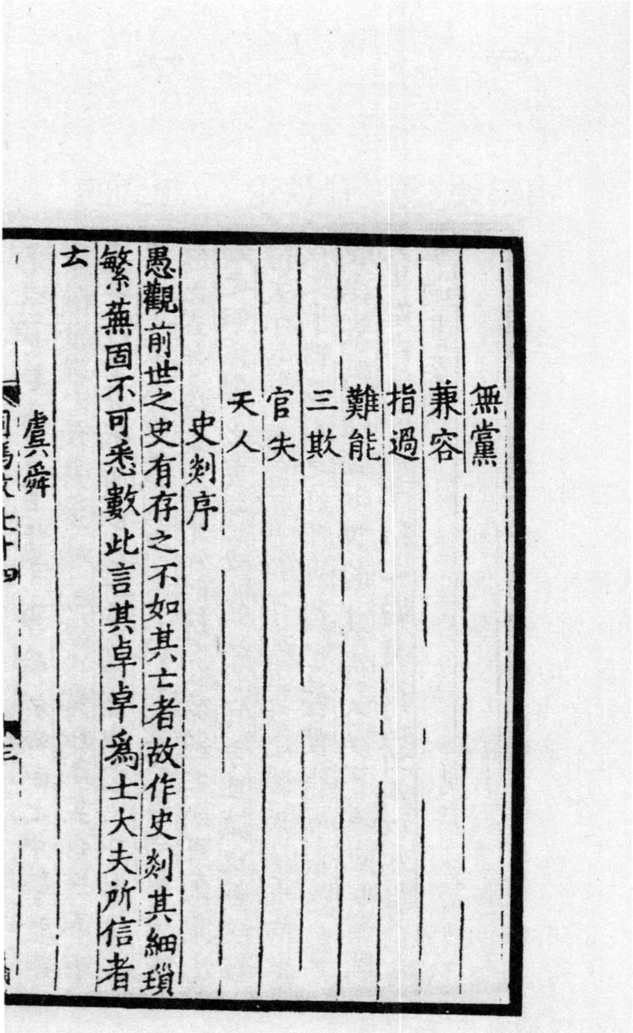
無黨
兼容
指過
難能
三欺
官失
天人
史剡序
愚觀前世之史有存之不如其亡者故作史剡其細瑣
繁蕪固不可悉數此言其卓卓爲士大夫所信者
亡
虞舜

《四部丛刊初编》影印铁琴铜剑楼藏宋绍熙刊本《温国文正司马公文集》

由梁效《读〈盐铁论〉》想到的

手边偶然碰到梁效的《读〈盐铁论〉》。由于前一段写《制造汉武帝》，述及汉武帝晚年政治取向问题，《盐铁论》是我确信自己看法的主要支撑，故免不了心生好奇，看了一下。

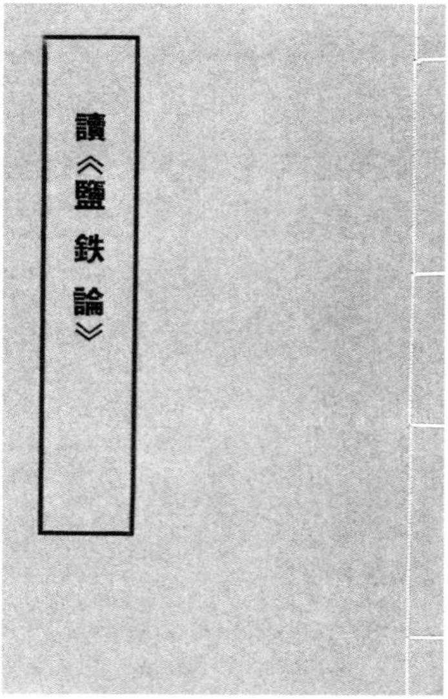

线装大字单行本《读〈盐铁论〉》封面

我这个年龄的人，当然人人都知道大名鼎鼎的“梁效”。“梁效”是谐音于“两校”的一个笔名，而“两校”就是“文革”期间由北大、清华两所大学教师组成的“御用”写作班子。在考入这两所学校的人眼中（当然这是特指本科，不仅不包括走读的夜校，也绝不包括硕士和博士），我

在我国历史上，儒法两家的斗爭从来是很激烈的。公元前八十一年（即年幼的汉昭帝継承汉武帝皇位的第六年）召开的盐鉄会議，就是儒法两家从政治、經济到軍事、文化所进行的一場大論战。桓寬的《盐鉄論》一书，是根据会議的記录整理而成的。盐鉄会議斗爭的实质，是坚持还是改变汉武帝巩固国家統一、加强中央集权制的政治路綫的問題。斗爭双方的代表人物，一边是御史大夫桑弘羊，另一边是大司馬大将軍霍光。霍光沒有出場，他用孔老二的徒子徒孙賢良、文学作为他的炮筒子。桑弘羊是一位杰出

线装大字单行本《读〈盐铁论〉》内文

国的大学，除了自己的母校以外，只是隔壁另外还有一所因反衬其优越地位而存在的莫明其妙的校园而已。所以，不管有没有上边儿的意思，用这两个字做笔名，都是很自然的事情。

虽然当年组织上领着读过不少梁效的文章，肯定也包括这篇《读〈盐铁论〉》，但自己年龄太小，写的都是些什么胡话，早就忘光了。现在靠中国古代历史混饭吃，这么多年了，再一读，自然会有一些想法。

这篇文章还有个副标题——“西汉中期儒法两家的一场大论战”，而文中开篇即点明这场论战的实质问题：“盐铁会议斗争的实质，是坚持还是改变汉武帝巩固国家统一、加强中央集权制的政治路线的问题。”若是抛开其政治标签，让我更简化一些来表述这段话的内容的话，或可谓之曰：“盐铁会议斗争的实质，是坚持还是改变汉武帝既定治国路线的问题。”不言而喻，这条治国路线，是汉武帝一以贯之的所谓“尚功”的路线，而不是什么“守文”的路线。因为要是“守文”的路线，就不会有盐铁会议，也不会有贤良文学们对汉武帝治国路线的放肆攻讦了。

除了对会议宗旨的表述之外，《读〈盐铁论〉》这篇文章，通篇都是强词夺理的胡说八道，实在不值一读。不过我感兴趣的，就是它对会议宗旨的这一认识。

这是一个简单的事实，开卷即明，是不需要多大学问，也不必花费什么功夫的。

据主要作者之一范达人先生讲，写这篇文章，是受《红旗》杂志相关人员的“特约”。（范达人《“梁效”几篇重点文章的写作经过》）但《红旗》杂志又是受意于谁？这用不着做什么考证——只能出自“他老人家”的授意。众所周知，“老人家”就喜欢这样借古喻今。但这样做，正需要首先借助一件实有的基本史事。不管怎么讲歪理，怎么肆意发挥，这个基本的史事还是要有的。

这样我们就很容易理解，在先主席的眼里，汉武帝不仅至死也没有改变其治国路线，而且还安排了诸如桑弘羊这样的人物，继续贯彻执行这一路线。这同样不是因为“他老人家”天赋超人，独具慧眼，而是因为他是先看了《盐铁论》才指使人来写这篇文章。尽管读法和我们这些书呆子大不相同，但先主席确实是喜欢读古书的，而且还真读了很多古书。只要没有其他先入为主的成见，世界上绝大多数人翻看《盐铁论》一过，只能得出这样的认识。事情就这么简单。所谓“借题发挥”，发挥得即使离题万里，那问题也是出在发挥者的论述上，而不是被借用的“题目”本身。

有意思的是，田余庆先生当年虽然没有参与《读〈盐铁论〉》的写作，却也是“梁效”成员之一，不能不熟知这篇“鸿文”。文字虽然是“梁效”写的，但发表出来的文章，代表的却是党中央的意志，是毛主席的思想，即使是执笔写稿的人，也要虔心敬意地学。田余庆先生当然也要认真学习，而且是一定会同时好好看看《盐铁论》的。

那么，后来撰写《论轮台诏》一文以阐发汉武帝晚年改弦更张的政治举措时，为什么没有充分重视《盐铁论》体现的西汉政治实态呢？或者说田余庆先生所说汉武帝晚年政治路线的变革为什么会与《盐铁论》的内容绝然抵触呢？这事儿在我看来，实在有些匪夷所思。

不过事情既然已经发生，而且至今仍有很多人坚信乃至强烈崇信田余庆先生提出的观点，因而也不妨努力揣测一下其间的缘由。或许有人会想，田余庆先生一定另有自己的解释，而且在授课过程中会向学生讲述这样的问题，用不着我来妄加揣测。我曾当面咨询一位对田余庆先生《论轮台诏》一文极力推崇的田门弟子：

“如何解释田先生观点与《盐铁论》记载的矛盾？”回答是：“我没想到过这一问题。”这不仅出乎我的意料之外，可能也出乎很多人的意料之外。但我所知道的实际情况，就是这样。

这篇文章的主要执笔者范达人、何芳川等人，同样是京师大学堂讲坛上的教师，对他们，田先生当然不会与隔壁那所大学的人一例看待。问题是他们都是研究外国史的，研究中国古代史的人怎样看待外国史学者在那种特殊情况下写出的文章，就是另外一个问题了。

站在我的立场上来看（当然，我知道，一些人并不认同我的立场），就其实际原因而言，我想，跨越显而易见的现象而求之过深，恐怕是导致田余庆先生忽视《盐铁论》主旨的一项重要原因。

做学问，只看表面现象，只写表面现象，这固然轻浅而又乏味，但在历史研究中，深入的阐释，却一定要以对基本史实的准确认知为前提，若是越过史实认知的基础而径行以心察史，结果可能欲深而不达，得出严重悖戾历史本来面目的结论。“深”好像是足够“深”了，可不知道“深”到哪里去了，反不如老老实实地做些基本的史料排比工作更有实际意义。这是一个很让研究者困惑的问题，其间的分寸，不好把握。

具体能不能把握好这个分寸，和对史料的合理使用具有紧密关系。田余庆先生论汉武帝晚年对治国路线做了根本性转变，主要依据的史料，是北宋时人司马光的《资治通鉴》，甚至田先生很可能就是受《资治通鉴》的启发才立意动笔撰写这篇文章的。北大历史系的中国古代史专业，有重视《通鉴》的传统，大家伙一起读《通鉴》，至今仍是相关专业研究生的重要基础课。北大的中国古代史从业人员，很多人是做政治史研究，而《通鉴》的记述重视政治，以政治为主线、为重心，所以这样的做法也很自然。

不过另外一些更重视史料学基础的学者，在研究西汉历史时，就不会这样使用《资治通鉴》。业师黄永年先生，在给研究生讲目录学课时，即清楚告诫学生，研究这一段时期的问题，绝对不能引用《资治通鉴》记载的史事作史料（当然司马光本人的观点自可引述）。

有人把这种认识的差别，归结为学者们专业背景的不同，各自关注的问题不同，大家各干各的活儿，尽可各行其是。对此，我是很不赞同的。

史料学不是一门与历史学各个研究领域相分离的独立专业，而是所有历史学分支学科和研究领域的从业人员都必须具备的基础，而且对大多数史料的认知是有一个共同的是非标准的。当然这个基础的完备程度因人而异，同时也没有人会做得十全十美，谁都会有缺陷，没有必要仅仅因某人在这方面有所欠缺就否定其学术成就，贬抑其学术水平，但每一个人也都没有任何理由回避这方面的缺陷，更不能以玄虚的词语来对待这一问题。若是这样，就未免太妄自尊大了，也太可怜了。对于我们每个人来说，史料学知识都是一个终其一生不断努力学习的内容。认识到前人的缺陷和失误的缘由，才能避免自己重蹈覆辙。

即使仍然相信《资治通鉴》的纪事对研究西汉的历史具有史料价值，那么，只要充分重视区分史料的早出、晚出和第一手史料、转手史料等这些最基本的史料处理原则，同样会更加审慎地对待《盐铁论》与《资治通鉴》两书在载述汉武帝晚年政治取向这一事项上的严重抵牾。

重视《通鉴》，常看《通鉴》，还一边看，一边想问题，得出的想法已经先入为主，影响了对《盐铁论》《汉书》等原始史料的冷静分析。我想，这就应该是《论轮台诏》一文基本观点的形成过程和造成我所认为的"失误"的主要原因。在这一过程中，更为实质性的方法论问题，是想得太多，而对史实的认证多有忽视。这也就是前文所说超越眼前的景象而一味求深所造成的问题。

在中国古代史研究领域，认识眼前平平常常的景象，往往也不是那么容易的事情。看看朱熹如何格物致知，顾炎武如何采铜于山，就会明白这需要具备很多很多细琐的知识。昔清人焦袁熹论修身为学的路径，以为"洒扫应对，便是精义入神之事，下学上达，由卑近至高远，无两截底道理"，懂得这个道理且能踏踏实实地依此行事，则"不求高深，而高深至矣"（焦袁熹《枝叶录》）。每一个学者都应该力求研究的深度，但至少对于我自己来说，在实际工作中更常想的，是多做一些努力来让自己的求索更切实地深入下去。像《读〈盐铁论〉》那样恣意发挥固然不行，但若连像《读〈盐铁论〉》这样的文章都要依托的基本史实都不屑一顾，也不行。

2018年2月22日记

读正史，看正本

——读尾崎康著《正史宋元版之研究》

研究中国古代的历史，和研究人文学科中其他很多领域一样，往往一类人有一类做法。我本来就是个外行的棒槌，用现在通行的说法，勉强可以算作一个“理科男”（因为本科获得的是理学学士学位），混到这一行里讨饭吃，不懂道儿上的规矩，只能稀里糊涂地对付着摸索前行。所幸遇到了两位好老师，一位是史念海先生，另一位是黄永年先生。入门伊始，这两位老师就都指教说，这一行的正路，是首先读好正史，并且始终要以正史作为立足的根基。在黄永年先生的晚年，更是每一次见面都会叮嘱我说：“要花大气力去读正史。”

我们现在谈论的所谓正史，简单地说，就是“二十四史”，顶多再附上一部《清史稿》。晚近以来，社会上那些花样翻新不断推出种种新新史学的人们，为寻找新材料、争夺新材料、占有新材料而忙得七颠八倒的，并且借大师之语录来粉饰其面，争竞以“预流”相标榜。在那些预身其流的人看来，这些正史业经一代代学人反

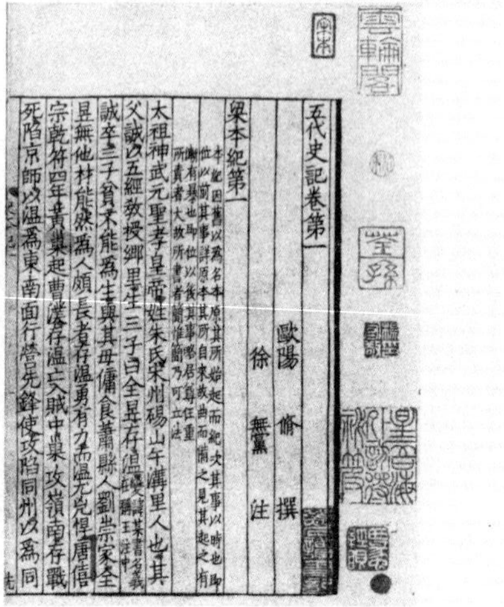
五代史記卷第一
歐陽脩 撰
徐無黨 注
梁本紀第一
本紀因舊以為名，本原其所始起而紀次其事，以時也。即位以前其事詳，原本其所自來，故曲而備之，見其起之有漸有暴也。即位以後其事略，居尊任重，所責者大，故所書者簡，惟簡乃可立法。
太祖神武元聖孝皇帝姓朱氏，宋州碭山午溝里人也。其父誠，以五經教授鄉里，生三子，曰全昱、存、溫。誠卒，三子貧，不能為生，與其母傭食蕭縣人劉崇家。全昱無他材能，然為人頗長者。存、溫勇有力，而溫尤兇悍。唐僖宗乾符四年，黃巢起曹、濮，存、溫亡入賊中。巢攻嶺南，存戰死。巢陷京師，以溫為東南面行營先鋒使，攻陷同州，以為同

南宋初期刊《五代史記》（本書編號「A—1」本）
本圖像數據由臺北「國家圖書館」提供

魏書 國志一
武帝紀第一
太祖武皇帝
太祖武皇帝，沛國譙人也，姓曹，諱操，字孟德，漢相國參之後。
曹瞞傳曰：太祖一名吉利，小字阿瞞。王沈魏書曰：其先出於黃帝。當高陽世，陸終之子曰安，是為曹姓。周武王克殷，存先世之後，封曹俠於邾。春秋之世，與於盟會，逮至戰國，為楚所滅。子孫分流，或家于沛。漢高祖之起，曹參以功封平陽侯，世襲爵土，絕而復紹，至今適嗣國於容城。
桓帝世，曹騰為中常侍大長秋，封費亭侯。
司馬彪續漢書曰：騰父節，字元偉，素以仁厚稱。鄰人有亡豕者，與節豕相類，詣門認之，節不與爭；後所亡豕自還其家，豕主人大慚，送所認豕，并辭謝節，節笑而受之。由是鄉黨貴歎焉。長子伯興，次子仲興，次子叔興。騰字季興，少除黃門從官。永寧元年，鄧太后詔黃門令選中黃門從官年少溫謹者配皇太子書，騰應其選。太子特親愛騰，飲食賞賜與眾有異。順帝即位，為小黃門，遷至中常侍大長秋。在省闥三十餘年，歷事四帝，未嘗有過。好進

元大德九路本《三國志》（本書編號「F—1」本）
本圖像數據由臺北「國家圖書館」提供

《正史宋元版之研究》卷首附印正史书影

复检视，内容既已为前人所熟知，自非“新材料”之属；更进一步讲，在他们的眼里，所谓正史，不仅太陈旧，而且也太简单了，不过帝王将相的断烂家谱而已。既然身非“闭门造车之徒”，又去看它做甚？

俗话说，道不同者不相为谋。在我的家乡东北，种地的农夫有句更实诚的谚语是“听兔子叫还不种黄豆了呢”。对于真正的读书人来说，这本来就是荒江老屋中素心之人自家个儿的事儿，喜欢什么，安心读就是了，入不入流也没什么大不了的；或许正因为偏处于大流之外，才能静心体味读书之乐。不过读正史绝不像抢用新材料那么简单，有一大套与之匹配的基础知识，需要先行有所了解，认识这些史书的版本源流就是其中的一项重要内容。

在我的老师和其他一些老派史学工作者的眼里，古籍版本是研究中国古代历史问题起步的基点，所以北京大学的邓广铭先生才会把它列为入门的四把钥匙之一（案邓广铭先生所说四把钥匙之一为版本目录之学，故当年邓先生主编《中国历史研究知识手册》，特邀约业师黄永年先生撰写四万余字的“版本”篇列入书中，并向黄永年先生讲述，他所说四把钥匙中的目录学，实即含有版本知识在内）。只有清楚了解古书的版本源流，才能踏踏实实地走好这入门的第一步。由邓广铭先生的观点可以看出，重视版本学基础可以说是北大历史学的一项重要传统，民国时期胡适之先生对《水经注》版本的搜罗和研究，就是其中的典型代表。由于历朝正史的史料价值在所有史籍中居于最核心的地位，可谓重中之重，因而也最有必要对此多有一些了解。

那些志向高远、意在深度揭示宏大历史表象背后内在实质的学人，或许不以为然，不屑瞩目措手于此等形而下下的细节。然而，真正的学术就是这么回事儿，你不理它，它就很可能会把你带到沟里去，不管你的“史识”有多么高远。

例如，田余庆先生论秦末反秦史事，即因对此不够重视，未能审慎核对古刻旧本，以辨明今本《史记·六国年表》的文字舛谬，从而误判史实，造成很严重的差错（田说见《说张楚——关于“亡秦必楚”问题的探讨》，余说别详拙稿《云梦睡虎地秦人简牍与李信、王翦南灭荆楚的地理进程》，收入拙著《旧史舆地文编》），这是忽视正史版本造成的一个消极的结果。相反，注重正史版本，则可以帮助我们澄清很多重要的基本问题，使我们的研究建立在一个可靠的基础之上。在这方面，我个人近年在研究过程中即有很多切身的体会，其中最显著的例证，就是通过考察宋元以来的古本并结合相关文献记载，论定陈寿《三国志》本来的名称应是《国志》，《三国志》不过是一个俗称而已。不仅所有宋元旧刻本，都是如此题名，而且至迟可以将其上溯至南北朝时期的写本，书名同样是题作《国志》。知晓这一书名及其内在涵义，我们才能更好地理解陈寿对魏、蜀（汉）、吴三国地位的扬抑态度（见拙稿《陈寿〈三国志〉本名〈国志〉说》，收入拙著《祭獭食跖》）。

事实上，这样的例证，体现的只是一般历史研究者对正史版本大而化之的笼统观察和利用状况。版本学上的具体判别，极为复杂，也极为细琐，而且有种种客观条件的限制，宋元古本的审辨，尤为困难。所以，通常只能等待版本专家先为我们做出具体的鉴定。这样的版本鉴定，实际上包括所有古籍，但由于正史的重要性和它对历史研究深刻而又广泛的影响，真心读书的人对它的需求也就显得特别迫切。

尾崎康先生这本《正史宋元版之研究》，就是满足我们这种需求最好的著作，刚刚由中华书局推出。尾崎先生是日本庆应大学斯道文库著名的中国古籍版本专家，原书当然是日文，于 1989 年初在东京汲古书院出版，题作《正史宋元版の研究》。现在摆在我们面前的，是它的中文编译本，编译者是我在北京大学的同事乔秀岩先生和王铿先生。

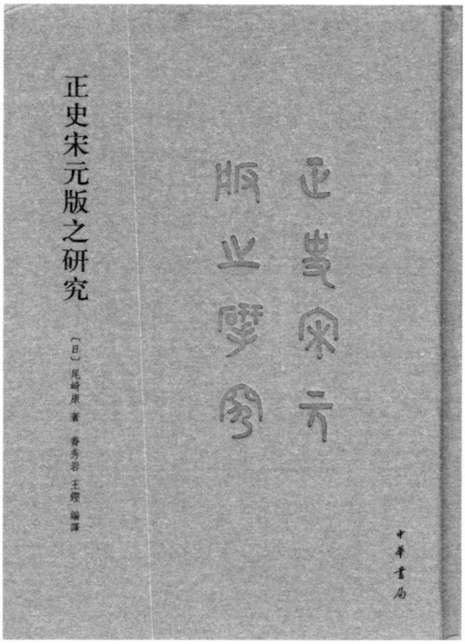

中华书局出版中文编译本《正史宋元版之研究》

这书在日本出版的那一年，对我和我的“同年”人，是一个有特别纪念意义的年份：这一年我博士刚刚毕业。一看这个不同寻常的年份，就能让我们回想起很多很多。当时，像我这样的初学者，要想了解相关的一些基本情况，能够获取的信息，是十分有限的。自己想要查查历朝正史都有哪些古刻旧本，只能检索邵懿辰、邵章祖孙相续而成的《增订四库简明目录标注》和莫友芝的《郘亭知见传本书目》，另外，还能翻看一下傅增湘的《藏园群书经眼录》。了解到的情况，既不充分，更不准确，宋元古本尤其如此。稍后，有了傅增湘的《藏园订补郘亭知见传本书目》，有了《中国古籍善本书目》的《史部》，情况有所好转，但所做著录仍然不够充分，更不够具体，同时还不够准确。

《正史宋元版之研究》这本书的内容，就是系统研究现存宋元刻本正史的版本问题，其主体部分实际包括《史记》以至《金史》共二十一部史书，即在传统所说《史记》迄止《元史》的“二十一史”中，除掉编刻于明朝的《元史》，再增入《旧唐书》（也不含从明代中期以后就已无原本存世的薛居正等修《五代史》，亦即所谓《旧五代史》）。虽然作者实际调查和研究的范围，似乎还不能说对存世正史的宋元旧本已经一一经眼，囊括无遗，但书中述及的中国大陆、中国台湾、中国香港以及日本诸地，当已涵盖其中的绝大部分。

因而，其研究结果，最直接，也最广泛的应用价值，就是为中国古代史研究，或者更准确地说是为所有文史研究，提供了一份相当完善的正史宋元版书录。业师黄永年先生称谓此种目录为“版本目录”。普通文史学者，都可以通过这种目录，来了解相关正史的版本状况。凭借这部《正史宋元版之研究》，我们就能更好地判别相关宋元版本的正史；凭借它找到好版本，利用好版本。形象地讲，也可以说是读得到、读得好正史的“正本”，亦即得当地利用得当的版本，可谓惠莫大焉，利莫大焉，便莫大焉。

尾崎康先生所做的研究，是职业版本学家所做的最基本的工作，在我看来，并没有什么特出的地方。其最大的特色，不过是一页儿一页儿地查看并逐一记录下这些宋元刻本的刻工姓名，再相互比勘而已，以此区分开此本与彼本，原版与补版，乃至早印与晚印，实在看不出有什么了不得的高见卓识。若是不这样做，还能怎么做呢？

然而，《正史宋元版之研究》这部著作所取得的成就是巨大的，其成功的诀窍，就是花费人所不花的笨功夫。走遍日本，像尾崎康先生这样专门以研究中国古籍版本为职事的学者也是屈指可数的。像著名的东洋文库，二十多年前我在那里做访问研究的时候，竟无一人稍知一点儿古籍版本的皮毛，从“文库长”，到下面的工作人员，不过谨司其库而已。与此相比，中国的古籍版本学家却是大有人在，不知有多少人是靠这个名头儿获取的高级职称。而在赵万

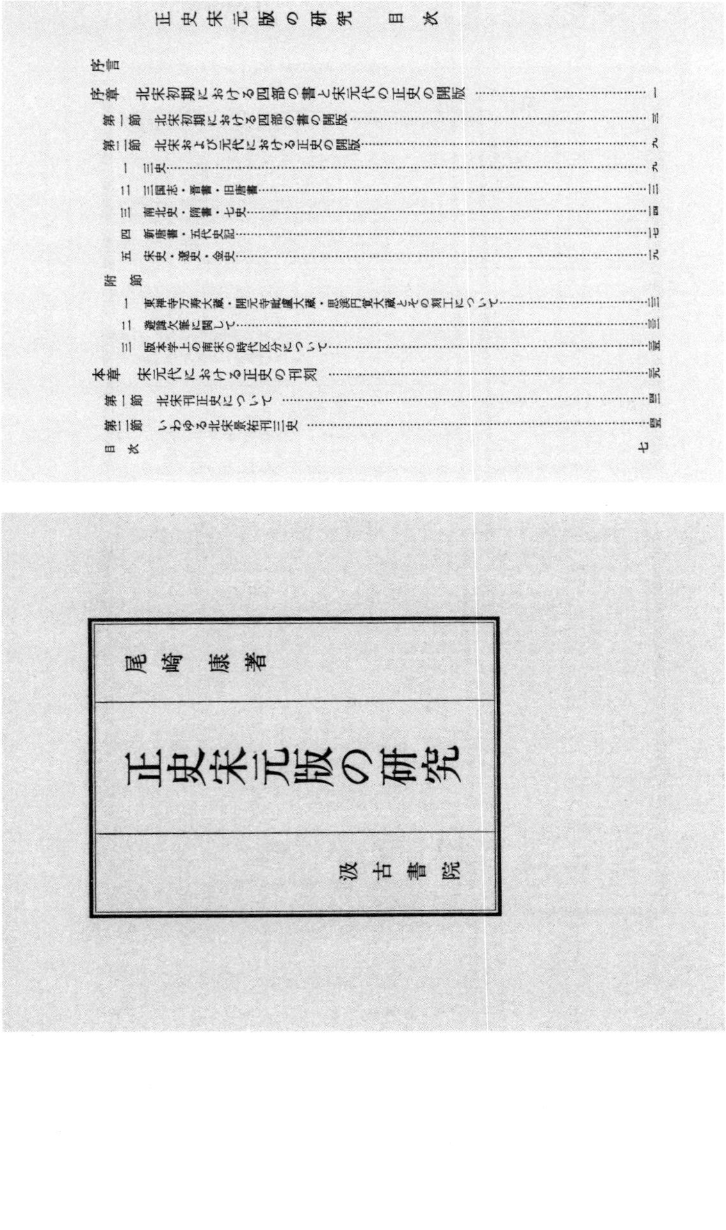

正史宋元版の研究　目次

目次　七

正史宋元版の研究

尾崎　康　著

汲古書院

日本汲古书院原本《正史宋元版の研究》

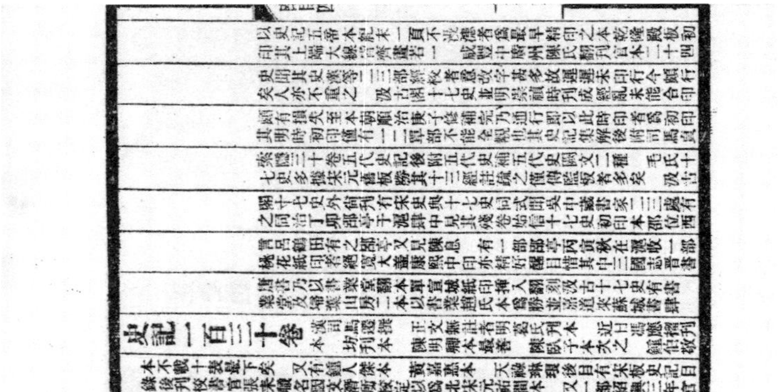

民国排印线装巾箱本《郘亭知见传本书目》

里先生之后，多少年来，为什么做不出一点儿可以与这部《正史宋元版之研究》并比的东西？

去年年初，我在《〈海昏侯刘贺〉书里书外的事儿》这篇讲稿里曾经谈到，做文史研究这门学问，最重要的，还是静下心来花功夫读书。道理，和棋牌类游戏差不多，规则越简单，施行起来越困难。治学的关键，不是采用什么神异奇幻的方法，而是究竟投入多大心力（收入拙著《书外话》）。

当然，愚拙如余，只是一个很边缘的"未入流"者，世之贤者巧者，自是竞相争新斗奇。试看当今我的国各种学术活动，几乎无不以"新思维""新路径""新方法""新技术""新手段"等词句来标榜其"新颖"之处（其情其景，不禁令人联想到西汉时期《新语》《新书》《新序》之类以"新"相标榜的著述。不过一味求新的结果，最后是弄出"新莽"这么个奇葩来，想一想也蛮怪异的）。在这样的氛围笼罩下，当然不会取得多少具有实质性意义的学术成果。

在此书日文原版《正史宋元版の研究》出版之后，尾崎康先生就书中所论述的问题，继续又做了许多研究，使相关认识更为完备。这次中华书局出版的中文本，之所以称作"编译本"，就是因为乔秀岩先生在翻译过程中已把这些后续的研究编入书中，并得到尾崎康先生的审定认可。除此之外，乔秀岩先生还随文附加了一些很重要的译书案语，深化对一些重要问题的认识，为之增色不少。除了这些实质性内容以外，较诸日文原版，中华书局本还增多许多插图，而且所有插图的图幅较日文本都已加大，印制也更为清晰，特别是卷首还增附有多幅日文本所没有的彩色插图。不管是独立的彩页，还是随文的图片，都是精心选择，其中包含很多稀见的书影。对于一部版本学著述来说，这些插图是非常重要的，对阅读此书、利用此书，都助益多多。

四十二」當删末「二」字。

深紅褐色書衣（二五・四×一五・五釐米），金鑲玉裝。藏印有「項子京／家珍藏」、「項氏萬卷／堂圖籍記」、「季印／振宜」、「蘇齋」、「汪印／士鐘」（白文）、「憲／奎」（白文）、「秋／浦」、「劉印／承幹」（白文）、「承幹／心印」（白文）、「翰／怡」、「劉氏／翰怡」、「承幹／鈐記」、「嘉業堂」、「翰怡／玩賞」、「御賜抗心希古」、「希古樓」等。［據國家圖書館善本書志初稿又有「在＝處＝／有神物／護持」（白文）、「毛／褒」、「華／伯」（白文）諸印。］

圖一三〇

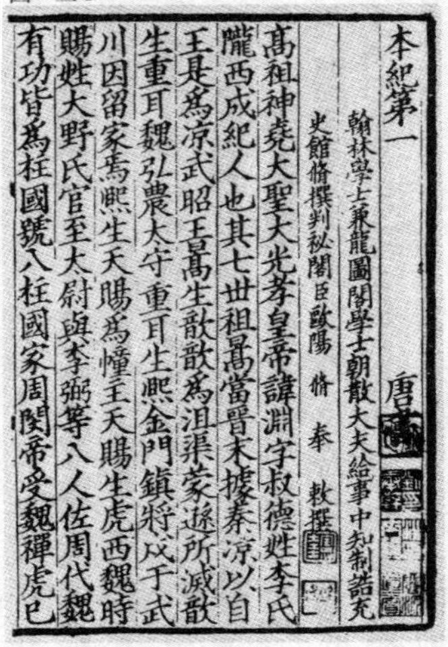

新唐書　南宋中期建安魏仲立刊（C種　嘉業堂書影）

首唐書目録上下卷，卷上末有雙行木記曰「建安魏仲立宅刊行／收書賢士伏幸詳鑒」，如見嘉業堂書影。首題「本紀第一」，隔七格題「唐書一」，第二、第三行低三格弱題「翰林學士兼龍圖閣學士朝散大夫給事中知制誥充／史館脩撰判祕閣臣歐陽　脩　奉　敕撰」。卷末有「嘉祐五年六月二十四日／進呈」曾公亮等八名列銜及「嘉祐五年六月二十六日准中書劄子奉／聖旨下杭州鏤板頒行」富弼等八名列銜。

左右雙邊（一九・二×一二・五釐米），有界，半葉十行，行十九字，注文小字雙行。版心綫黑口，雙魚尾，題「唐己

一七　新唐書　六三七

《正史宋元版之研究》内文

明此可知，这部中文版《正史宋元版之研究》实际上已经不是一部普通的译本，而是尾崎康先生此书的最新、最佳版本，已经超出于日文原版之上。即使是那些整天酣畅观赏日本动画片的小朋友，要买也得先买这部中文编译本，而不是日文原版。说不定哪天日本的出版商还要据此翻译成日文，以供日本学人备置案头，广泛使用。

除了提供给我们系统可靠的宋元版正史的版本学知识以外，尾崎康先生在研究过程中通过扎实艰苦的努力还总结出很多鉴定中国古籍，特别是宋元刻本的一般方法，例如最晚的避讳字只能卡定一部书籍刊刻时间的上限而不是它的下限，等等。这些结论，使古籍鉴定的方法取得实质性进展，可以为具体的鉴定工作发挥重要作用。

邓广铭先生把这种辨析版本的工作，视为研治历史最起码的基础，也许有许多新派学者不以为然。对这类问题，我一贯觉得各尊所闻、各行其是就是了。自己觉得怎么好，就怎么做。谁也改变不了谁，争论也不会有什么结果。不过在此我必须强调指出，至少在一个方面，版本学的基础地位，是不可动摇的，古籍整理工作是所有学者都必须予以承认并且立足其上的。在从事古籍校勘时，是万万离不开版本这个必备基础的。

这里不妨举述一个反面的例证，来说明这个道理，这就是中华书局最近印行的修订新版本《魏书》。和整套新修订本“二十四史”中金以前诸史一样（所谓《旧五代史》当然除外），宋元古本的利用，情况多较为复杂，其版本选择，见仁见智，一时不易说道清楚。不过这部《魏书》在所用“通校本”中列有“北监本”，乃“明万历北京国子监刻，清康熙补刻本”，且卷首彩印其书影一帧，清晰无误，可证实际情况确是如此。点校者这一选择，即颇为令人困惑。

这个所谓北监本《魏书》，是明北监本“二十一史”中的一种。因北监本过去一向不为学术界所重，学人对它的版本状况，往往不甚留意。实际上北监本“二十一史”的板片，在崇祯六年和康熙二十五年先后两次统一做过补修。对这两次补修的情况，我没有见到中国学者做过说明。尾崎康先生这部《正史宋元版之研究》，在详密考辨宋元古本之外，对明南北监本“二十一史”的版本状况，也做了简要的叙说。读过尾崎康先生这部大作，我才清楚了解这两次系统补修北监本板片的情况。按照尾崎康先生考察的结果，这两次补修，“仅改刻卷首官衔与版心刊年而已”，实际并没有更动正文的内容。

不过尾崎康先生并没有逐一通审通校全部明北监本“二十一史”的前后三个版本，他讲的话，也只能是一个大致的说法，很难确保晚至康熙的所谓补修本能够一如万历原刻而没有出现丝毫漫漶缺损或补版改版的地方。

在这种情况下，一般来说，还是尽量利用万历二十四年的原刻本为好。若是考虑到中华书局点校本“二十四史”的权威性地位和它对文史研究的重大影响，就无论如何也不该选用这种晚至逊清的补修之本了。

像这样使用后来的补修印本，让读者很难放心。因为古书在补修板片的过程中造成错讹是很常见的现象。即以北监本“二十一史”而言，其补修本中就确有一些重大的剜改。例如《五代史记》亦即所谓《新五代史》，万历原刻北监本乃一如宋代以来的古本，将其作者题署为“欧阳脩”这个本名，可是崇祯六年的第一次补修印本，却妄自改“脩”为“修”，进而影响到清乾隆武英殿本亦同样误书误刻，以至后世普遍误以为这个“修”字就是他爹他妈给取的名字，当今的官府更不让有别的写法（说详拙稿《哪儿来一个欧阳

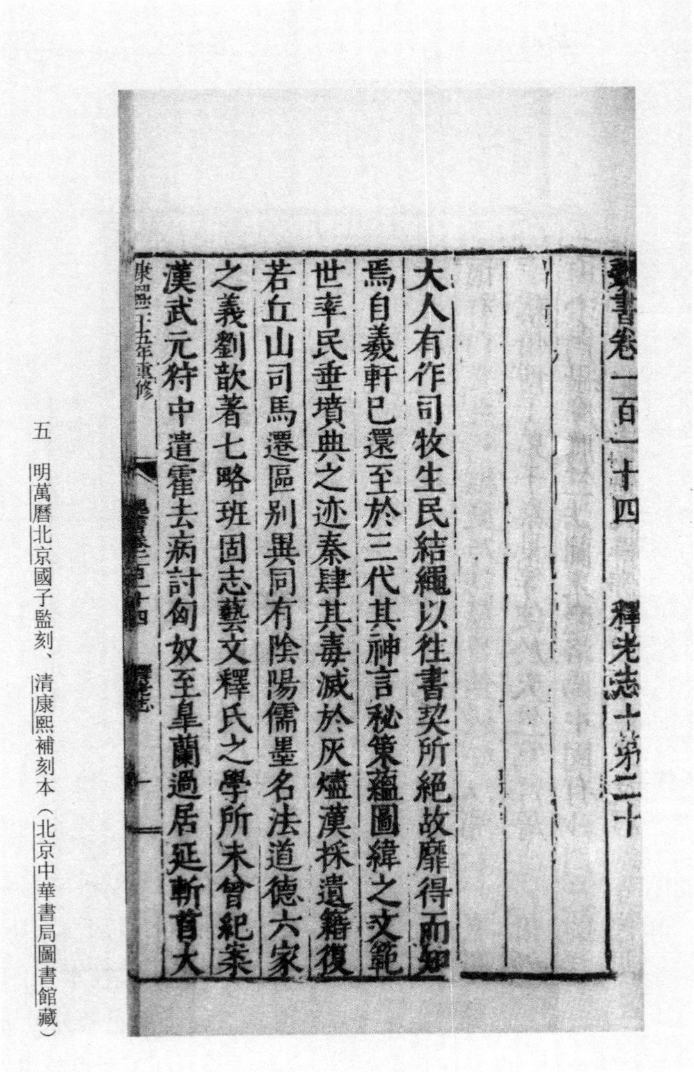

魏書卷一百一十四　釋老志十第二十

大人有作司牧生民結繩以往書契所絕故靡得而知焉自羲軒已還至於三代其神言秘策蘊圖緯之文範世率民垂墳典之迹秦肆其毒滅於灰燼漢採遺籍復若丘山司馬遷區別異同有陰陽儒墨名法道德六家之義劉歆著七略班固志藝文釋氏之學所未曾紀案漢武元狩中遣霍去病討匈奴至皋蘭過居延斬首大

康熙二十五年重修

五　明萬曆北京國子監刻、清康熙補刻本（北京中華書局圖書館藏）

中华书局新点校本《魏书》卷首清康熙补修本书影

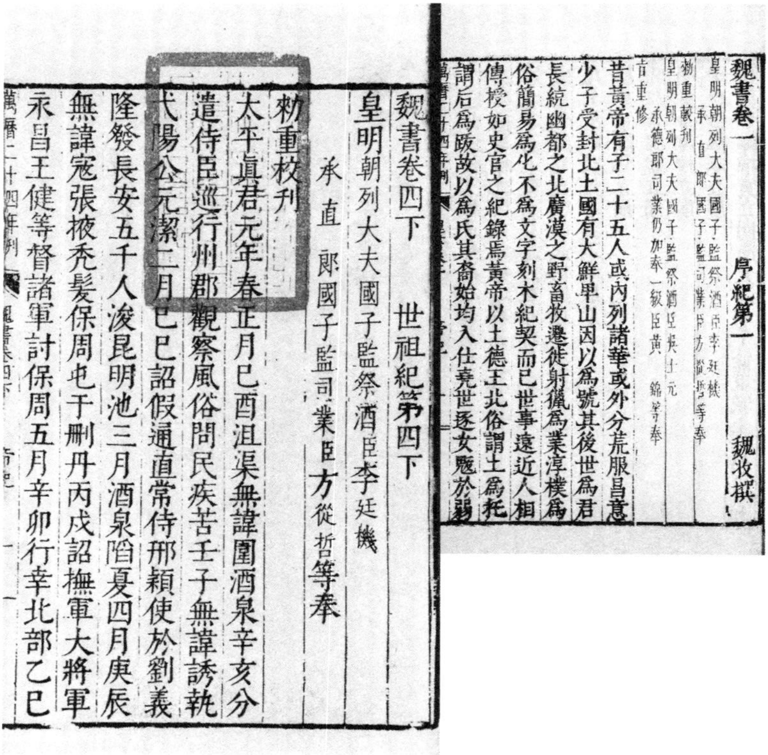
魏書卷四下　世祖紀第四下
皇明朝列大夫國子監祭酒臣李廷機
承直郎國子監司業臣方從哲等奉
勑重校刊
太平眞君元年春正月己酉沮渠無諱圍酒泉辛亥分
遣侍臣巡行州郡觀察風俗問民疾苦壬子無諱誘執
弋陽公元潔二月己巳詔假通直常侍邢穎使於劉義
隆發長安五千人浚昆明池三月酒泉陷夏四月庚辰
無諱寇張掖禿髮保周屯于刪丹丙戌詔撫軍大將軍
永昌王健等督諸軍討保周五月辛卯行幸北部乙巳

魏書卷一　序紀第一　魏收撰
皇明朝列大夫國子監祭酒臣李廷機
承直郎國子監司業臣方從哲等奉
勑重校刊
皇明朝列大夫國子監祭酒臣吳士元
承德郎司業仍加俸一級臣黃錦等奉
旨重修
昔黃帝有子二十五人或內列諸華或外分荒服昌意
少子受封北土國有大鮮卑山因以爲號其後世爲君
長統幽都之北廣漠之野畜牧遷徙射獵爲業淳樸爲
俗簡易爲化不爲文字刻木紀契而已世事遠近人相
傳授如史官之紀錄焉黃帝以土德王北俗謂土爲托
謂后爲跋故以爲氏其裔始均入仕堯世逐女魃於弱

明万历二十四年原刻本《魏书》（左）与崇祯六年补修本《魏书》（右）

修？》，收入拙著《那些书和那些人》）。在未经一一核对之前，谁又能保证康熙时期补修的《魏书》当中不会飞出什么幺蛾子来呢？

再说，万历原刻本“二十一史”并不是什么罕见的孤本秘籍，找一部来“通校”应该是很容易的事情。像中华书局点校本“二十四史”这么庄重的基本典籍，一开卷就有这么一个后世补修北监本的书影赫然在目，也实在有碍观瞻，显得太外行了（新点校本《魏书》卷首还印有一帧《嘎仙洞石壁北魏太平真君四年祝文》的拓片，这也真的很不得体，因为它与《魏书》的版本无关，给人感觉像是插图本《魏书》似的。要插，还可以插入很多元魏墓志)。要是中华书局早一些印出尾崎康先生这部著作，使参与修订《魏书》以及“二十四史”中其他诸史的学者都能多具备一些正史的版本知识，或许就不会造成这样的疏误了。

2018 年 5 月 10 日晚记

中国历史政区地理研究的新阶段

各位女士、各位先生：

大家好。

感谢复旦大学出版社的盛情邀请，使我有机会来参与这次会议，见证《中国行政区划通史》修订版正式发布的这一时刻。

下面，遵照周振鹤先生的嘱咐，简单谈谈我的一点感想。

这部皇皇十八册大书的名称，虽然是《中国行政区划通史》，内容涉及行政区划的方方面面，并非仅限于政区地理问题，但政区地理毕竟是其中一项核心内容。同时，我所学所知都十分有限，只能从自己的专业，也就是历史地理学角度，来谈谈自己的一些想法，而历史时期的政区地理，当然是历史地理学的一项基本内容。所以，在这里，就首先从历史政区地理研究的角度，来看这部《中国行政区划通史》修订出版的意义。

历史地理学这门学科，在中国有着悠久的传统。比较系统的传世著述，至迟可以追溯到东汉班固的《汉书·地理志》。不过中国传统的叫法，是把相关的内容，称作"舆地沿革"或"地理沿革"。晚近以来，也有人给它冠以"沿革地理学"这样的"学科"称谓。

所谓“舆地沿革”，其最核心的内容，同时也是主体的内容，是政区、疆域以及其他各种地名在时间流动过程的存在形态，而“疆域”不过是一种更高级别政区的边界；也就是说，“政区”与“疆域”，实质上是同一回事。“沿”是前后相承而没有改变，“革”是以新易故而变更旧貌。用今天的话来讲，传统的“舆地沿革”之学，最为关注的就是政区设置以及与之密切相关的各种地名的历史演变。

由传统的“舆地沿革”之学，转换成为现代的“历史地理”学科，除了我本人之外，好像其他学人都普遍认为是从顾颉刚先生在20世纪30年代创办《禹贡》学会并出版《禹贡》半月刊时开始的。我认为，直至进入20世纪50年代之前，相关研究，仍然沿承着传统的格局，并没有发生实质性改变。尽管顾颉刚先生和他的学生史念海先生、谭其骧先生和侯仁之先生等一批学者，较诸以往，都吸取了一些新的知识，看问题的眼光也都比较开阔，并不是单纯局限在疆域和政区沿革的范围之内，但从总体上看，旧学依然，即使多多少少地有所变化，也极为轻微，无关大局。

真正具有现代学科意义的历史地理学，是在20世纪50年代以后，主要在史念海、侯仁之和谭其骧几位先生的共同努力下，才逐步建立和发展起来的。当然，在这里首先需要指出的是，直至今天，中国的历史地理学科，或者说中国学者的历史地理学研究，其绝大多数成果，都是有关中国这块土地上各个历史时期地理问题的研究，涉及域外的一小部分内容，也主要侧重这些地区与中国的关系问题，即所谓“中外交通”。（不过国外学者对中国历史地理的研究同样极为罕见，除了日本战前的老一代学者之外，直到今天我还没有见过一位没有中国户口本的“中国历史地理专家”。）

在这当中，史念海先生对新式历史地理学科总体建构所做贡献最多，举凡历史自然地理和历史经济地理各个主要方面的问题，史念海先生在20世纪50年代都做出了系统的探索，并给出了一个比较清晰的轮廓。后来出版的《中国历史地理纲要》，其中的历史自然地理和历史经济地理（包括历史人口地理）的主要内容，就是在20世纪50年代写成的（当时否定和批判人文地理学，所以没有历史人文地理的内容）。这部书稿，当时以蜡纸打印，在国内很多高校和相关研究者中间流传，在学术界产生重大影响。

在这里，我想讲一个好玩儿的故事，来形象地说明这一点。20世纪90年代，我到北京工作以后，有一次拜见上京开会的石泉先生，闲聊间说起这部《中国历史地理纲要》。石泉先生告诉我，曾亲眼见到，在湖北某地方高校，竟然有一李姓教员，把史念海先生这部打印书稿的封面撕去，另外重新打印一页贴上，署曰“李某某著”，去申请教授职称。湖北省除了省会武汉之外，其他地方到现在也没有什么像样的高等院校，当年更是如此。听了这个故事，我想大家能够很具体地了解这部书稿在当时流行的广泛程度。当然，史念海先生还有很多重要的论文，都是新式历史地理学的内容，不止撰写了这部书稿而已。

侯仁之先生对新式历史地理学建立和发展的贡献，主要是率先做出了比较深入的理论阐发，同时又从北京城入手，做出了具有重要典范意义的研究。

相比之下，在这一学科发展的转折时期，谭其骧先生在这方面所做的研究，虽然也发表了一些非常重要的学术论文（如《何以黄河在东汉以后会出现一个长期安流的局面》），对相关研究产生重大影响，但这样的论文数量并不很多。因此，从表面上看，谭其骧先生的研究工作，对历史地理学科的建立和早期发展的影响，似乎不是很大。

我认为，面对当前中国的学术界的现实状况，至少是包括文学史、思想文化史和艺术史在内的大历史学界的现实状况，怎样合理地看待这一时期传统的“舆地沿革”之学向新式“历史地理”之学的转折性变化，怎样看待谭其骧先生的学术贡献，不仅是一个对学术发展史的认识问题，而且是我们每一个人在今天怎样才能切切实实地做好学术研究，推进学术发展的问题；更进一步讲，是拷问我们每一个人是不是具有正直的学术良心和不那么低下的学术道德的问题。

我们历史地理学界的同行大多都知道，从20世纪50年代中期起，谭其骧先生就把很大一部分精力，投入到了《中国历史地图集》的编制工作中去了，并且在此后二十多年的编制过程中，一直在实际主持这一工作，从发凡起例，到辨疑析难，多年的心血都倾注到了这八册图集当中。

《中国历史地图集》的基本性质，和清人杨守敬的《舆地沿革图》并没有什么区别，都属于传统的“舆地沿革”之学。那么，这是不是一项落伍的、不合适宜的研究成果呢？

让我们放眼通看当今的中国历史学界，满眼都是新问题、新思维、新视野、新方法、新范式、新手段，再不济也从地底下和海外边儿淘换点儿从未有人见过或是从未有人用过的所谓“新材料”。若是让这些学者建立个学术独立王国，国号一定和王莽一样，也叫作“新”。

学术史和所有事物的历史一样，自然是随着时间的流逝而演进，而变化，也必然会不断出现新的要素，新的形态。但这种“新”，一定是在“旧”的基础上才能发生，才能存在。脱离旧有的基础，新的学术方向是根本无法生长的。

在中国历史地理学的研究中，政区地理可以说是研究其他一切历史地理问题最为重要，也最为基本的基础。原因是历代政区设置及相关地名，是我们认识古代一切历史事物和历史活动最基本、最通用的坐标体系，而要是失去了这套坐标体系，或是不能清楚、准确地复原各个历史时期特定的坐标体系，也就无法落实其他各项地理内容的空间位置，所有那些看起来很“美”的“新”式研究，也就成了无本之木，难以存活了。

因此，就这个学科的整体状况而言，在转入新式的历史地理学研究之后，传统的“舆地沿革”问题，不仅没有过时，而且永远也不会过时。不仅如此，要想使历史地理学获得实实在在的发展，还要首先大力加强对“舆地沿革”的研究，这样才能使新式历史地理学有一个可靠的立足点。由此出发，才能迈出坚实的步伐。

其实若是转换一个角度，不是像这样回过头去看历史地理学科是怎样走过来的，而是放眼前程，看这个学科将怎样走下去，怎样才能走下去，那么，传统的“舆地沿革”之学就成了我们前进路上的一座大山。

在新式历史地理学建立和发展的“初级阶段”，很多新式的研究，固然都能够展开，能够发展，但学术研究不是修仙得道，因而也就没有终南捷径。当其再前行到一定阶段后，必然要遭遇“舆地沿革”这座大山的阻碍，想绕也绕不过去。

现在很多人自以为是已经“混出来”了的“名流”，总喜欢指手画脚，谈论研究什么有意义，研究什么没意义，什么是他所认可的世界新潮流，颇以自己“预流”其间并得以身居“潮头”自嬉，甚至动辄指斥别人研究的是“伪问题”。

我做学术研究，是因百无一能，除了读书做学问，实在什么也干不了。所以，也没有什么志向，没有什么目标，遇到什么就研究什么。在研究学术问题时，我经常想到登山家们在答复为什么要去登山的质问时所说的那句话，“因为山在那里”。谭其骧先生当然不会这样率性，这样随意而为，但传统的“舆地沿革”，确是横亘在新式历史地理学发展路上的一座高山，不跨过这座高山就无法继续前行。

若是以这样的眼光来看待谭其骧先生主持编著《中国历史地图集》这一工作，我们就不难看出，这部地图集的编绘和出版，正是新式历史地理学所必需的最最重要的基础建设工作，同时也是开辟前进道路的先行工作。因此，《中国历史地图集》的出版，当然也是中国新式历史地理学取得的一项重大成就，在中国历史地理学建立和发展的历程上，具有里程碑的意义。这一点，不论是回顾一下清人杨守敬的《舆地沿革图》，还是此前顾颉刚、章巽两位先生在20世纪50年代共同编著的《中国历史地图集（古代史部分）》，相形之下，谭其骧先生主编的这部《中国历史地图集》的领先地位，都是显而易见的，而且达到了不可同日而语的地步。

能够取得这样重大的成就，有很多因素，但谭其骧先生卓越的学识，在这当中起到了核心的作用。

姑且不论民国时期撰著的《秦郡新考》和《新莽职方考》等重要的“舆地沿革”文章，即如20世纪50年代写出的《〈汉书·地理志〉选释》，以及90年代初出版的《简明中国历史地图集》附缀的文字说明，都清楚显示出谭其骧先生通达的学术眼光和精深的学术功力，特别是对古书“义例”的理解和把握。

这两种著述，文字篇幅都不是很大，我想，即使是在历史地理学同仁当中，也会有相当多的人不一定能够理解我讲的这些体会，不清楚我讲的学术眼光和学术功力到底体现在哪里，特别是不明白我讲的古书“义例”到底意味着什么。但我相信，只要你认真读书，潜心治学，至少其中会有那么一小部分年轻的学者，终究有一天，会与我有同样的体会。

不过现在我希望所有学术界的同仁们都应该知道,《中国历史地图集》是谭其骧先生以其深邃学识对中国新式历史地理学做出的一项重大贡献,为历史地理学全面、深入的发展,奠定了坚实的基础,铺平了宽广的道路。正是在这一基础上,我这一代,和比我更晚走入历史地理学研究领域的学人,才得以顺畅、便捷地学习历史地理学知识,并在前辈学者的基础上,进一步展开和深化各项专题研究。

讲到这里,大家也就很容易明白了,就像我们这次会议的通知上所写的那样,摆在我们面前的这部《中国行政区划通史》,"不仅是中国第一部大型行政区划变迁通史,也是继谭其骧先生主编的《中国历史地图集》之后在政区地理研究方面最为重要的学术成果";也就是说,它既是在新时代里为中国历史地理学各个分支领域进一步深入发展而奠定的一项重要基础,同时也是中国历史地理学发展过程中所跨越的又一座高峰,是一项超迈前人的重大贡献。这部书的出版,标志着中国历史政区地理的研究进入了一个新的阶段。为此,在这里我要向周振鹤先生和他率领的团队,致以诚挚的敬意和衷心的谢意,衷心感谢周振鹤先生和他的团队多年来为此付出的艰辛努力。

谢谢大家。

【附案】本文是2017年12月9日在复旦大学出版社举行的《中国行政区划通史》一书首发式上敝人的发言稿。

又见《大顺律》

多年不买古书了，看嘉德公司新寄来的古书拍卖图录，也是有一搭没一搭的，更多地是一种惯性。可是，“大顺律”三个字骤然跳入眼中，竟真的激起一阵兴奋。

上一次见到这种《大顺律》，是即将被拖到新世纪的时候。2000年，在这个旧世纪的最后一年里，嘉德公司拍卖了它的八张残页，轰动一时。因为这是前所未知的重要著述，也是天下第一等的孤本秘籍。当时，我虽然正在搜罗古刻旧本的兴头上，但心里当然清楚，这么稀罕的白菜叶儿，那得多长的猪嘴才能拱到，远远看看就是了。再说这书虽说稀罕，可是样子长得实在是丑。要不是有闯王爷独具特色的避讳字在，我是不会把它当作大顺朝的东西看的。

书是山西介休一位叫武思忠的书商在汾阳县城一个破落的大户人家发现的。时间，是1999年10月中旬的某一天，九点多钟，太阳光照得正亮堂堂的。

正所谓阳光底下没有新鲜事儿，天下收古董的都一个弄法，这次也是这样。看中《大顺律》的书商，只花了一万块钱，便捎带着

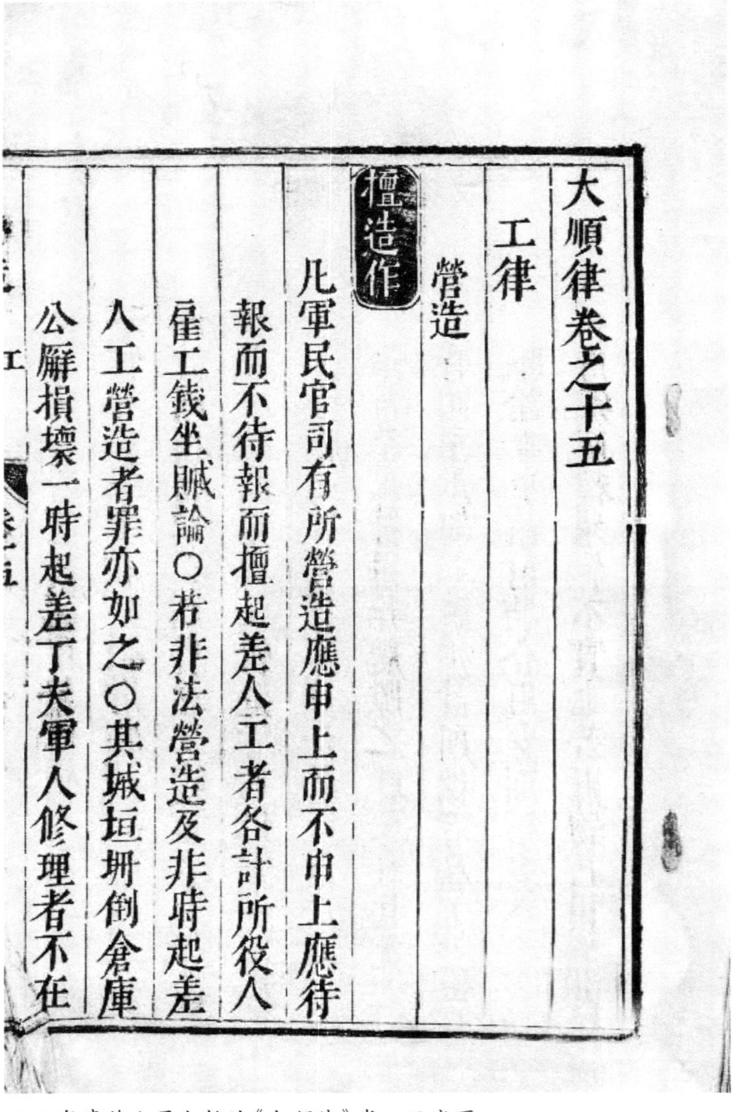

大順律卷之十五

工律

營造

擅造作

凡軍民官司有所營造應申上而不申上應待
報而不待報而擅起差人工者各計所役人
雇工錢坐贓論○若非法營造及非時起差
人工營造者罪亦如之○其城垣坍倒倉庫
公廨損壞一時起差丁夫軍人修理者不在

2000 年嘉德公司上拍的《大顺律》卷一五残页

敛走了这部《大顺律》的残本。因为从表面上看，他主要买下的，是明嘉靖藩府刻本《史记》、乾隆《汾阳县志》等一大堆或残或全的古书。不过《大顺律》以外的那些书都无关紧要，只是让卖书老太太以为他很看重那一大堆东西而已。古董生意就这么个做法。收货的人，是买得精，卖得也精。

武老板收下的《大顺律》，残是残了，但他得到的远不止八页。这八页残叶是在原书的第十五卷，另外还有第十四卷整整一卷。

买书能有这么好的眼光，卖书的手段当然也不会差了。于是，按照自己的策略，武思忠先生在收下这书的第二年，先把第十五卷的八张残页拿到嘉德公司上拍了——先试试水，同时也是放放风。

我怎么知道这些？大概是为了把剩下的那一整卷卖个更好的大价钱，武先生自己写文章一股脑儿地都讲了出来。到网上用谷歌一搜“大顺律”三个字，就很容易看到这篇历史性的文章：《李自成〈大顺律〉发现记》。

当年《大顺律》的八纸残片，被“国家图书馆”收将进去。“国家”的门槛儿，当然比谁家都高。进到这个大门里去，对学者是福还是祸，真不敢讲。反正我绝不会自找麻烦，非去看看不可。

这回在嘉德公司拍卖图录上看到的，就是武老板在手里捂了很多年的第十四卷。虽然只是几页书影，但我稍微看了看，还是弄清楚了以前未曾去想，从而也就没有弄清的一个基本问题——这到底是一本什么书？

不管是过去的第十五卷那八张残页，还是现在这第十四卷整卷，拍卖图录上的文字说明，都说它是《大顺律》。这一点看起来似乎没有什么问题，因为卷端的题名就是“大顺律卷之十四”。但仔细一琢磨，却还有一些值得进一步深入探讨的地方。

李自成的大顺朝，存在的时间，虽然满打满算还不到两年，但既然号称是一个朝代，终归也应该有它的法律。武思忠先生收到的这些残卷，当然就应该是李氏大顺朝颁行的“国家”法典。

问题是：这个刻本的文字，大小不一。那么，大字和小字的区别究竟是什么？或者说那些比正文低一格的小字到底是什么性质的内容？这一点，其实是很容易看出的：小字是对大字正文的说明和解释性的内容。

那么，正常的国家法律，其条文规定应该是这样的吗？当然不是。让我们看这第十四卷第六十页“检验尸伤不以实”条目下的内容：

> 凡检验尸伤，若牒到托故不即检验，致令尸变，及不亲临监视，转委吏卒，若初、覆检官吏相见，符同尸状，及不为用心检验，移易轻重，增减尸伤，不实定执，致死根因不明者，正官杖六十，首领官杖七十，吏典杖八十，仵作行人检验不实、符同尸状者，罪亦如之。因而罪有增减者，以失出入人罪论。〇若受财，故检验不以实者，以故出入人罪论；赃重者，计赃以枉法从重论。

这是法律条文的内容，但下面附着的小字，性质却与此有明显区别：

> 此条自“罪亦如之”以上，就罪无增减者言之，“因而”以下，自罪有增减者言之。然前言罪有增减，以未受财，故从失论；后不实以受财，故从故论。此条要看检尸法，详见《洗〔案：以下未见〕

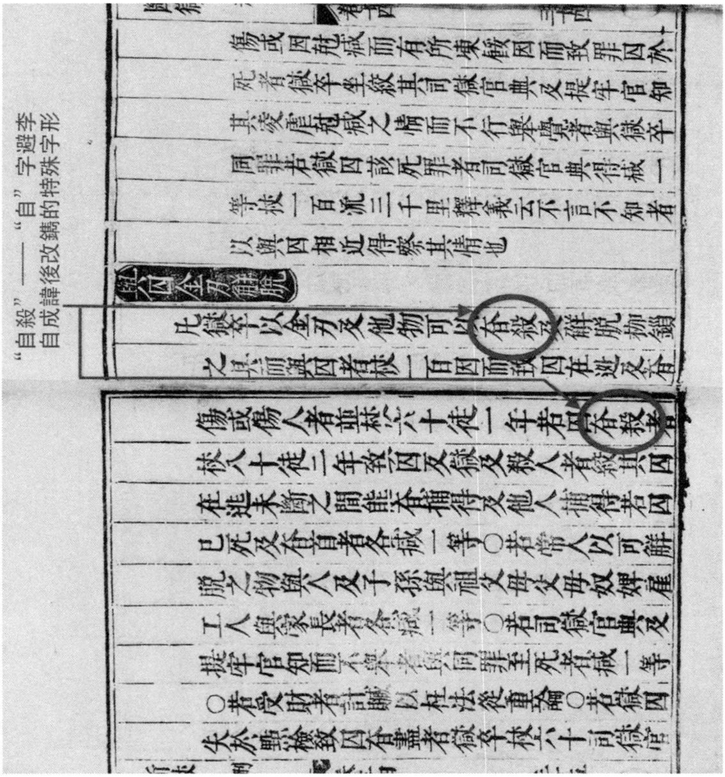

傷或因就獄而有所束縛因而致罪囚於
死者獄卒坐毆殺其司獄官典及提牢官知
其凌虐就獄之情而不行舉劾者與獄卒
同罪若獄囚病死罪者司獄官典得減一
等杖一百流三千里辭義云不言不知者
以與因相近得察其情也

獄囚金刃解脫

凡獄卒以金刃及他物可以自殺及解脫枷鎖
之具而與囚者杖一百因而致囚在逃及自殺
傷或傷人者並杖六十徒一年若因自殺者
杖八十徒二年致囚反獄及殺人者同獄其囚
在逃未斷之間能自捕得及他人捕得若囚
已死及自首者各減一等○若常人以可解
脫之物與人及子孫與祖父母父母奴婢雇
工人與家長者各減一等○若司獄官典及
提牢官知而不舉者與同罪至死者減一等
○若受財者計贓以枉法從重論○若獄囚
失於點檢致囚自盡者獄卒杖六十司獄官

《大顺律》上的大顺朝避讳字

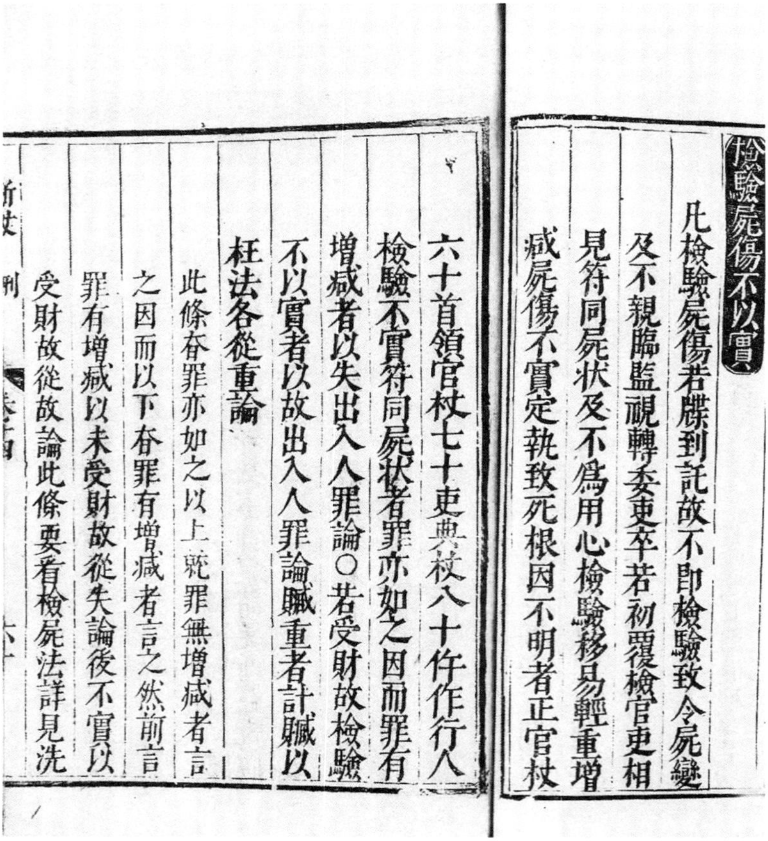

檢驗屍傷不以實

凡檢驗屍傷若牒到託故不即檢驗致令屍變及不親臨監視轉委吏卒若初覆檢官吏相見符同屍狀及不爲用心檢驗移易輕重增減屍傷不實定執致死根因不明者正官杖六十首領官杖七十吏典杖八十仵作行人檢驗不實符同屍狀者罪亦如之因而罪有增減者以失出入人罪論○若受財故檢驗不以實者以故出入人罪論贓重者計贓以枉法各從重論

此條各罪亦如之以上就罪無增減者言之因而以下各罪有增減者言之然前言罪有增減以未受財故從失論後不實以受財故從故論此條要看檢屍法詳見洗

《大顺律》卷一四

这里“此条”云云自然是指上面引述的法律条文。那么，显而易见，这些内容只是对《大顺律》的解说，是在讲解如何正确地理解和规范地执行法律条文的规定。

有正文，还有解说，那么，这是大顺朝法制建设完备性的体现么？我的回答，还是那句话：当然不是。因为当年一看到第十五卷那八纸残页，就有人指出，所谓《大顺律》，就是把洪武皇帝所颁《大明律》的“明”字改为“顺”字而已，所有具体的律法条文，统统是依照原样翻刻朱明旧律。

稍一审视，人们便会很自然地关注：这些阐释明廷旧律的内容到底是从哪里来的？堂堂法律条文，都是如此草率不成体统，径自沿用朱家故物，因而也就很难想象李自成麾下的喽啰会花费偌大心思来一一为这些法律解文释义了。

在嘉德公司的拍卖图录上，我们可以看到，过几天即将上拍的这第十四卷首页第一条“拆毁申明亭”下的律文为：

> 凡拆毁申明亭房屋及毁板榜者，杖一百，流三千里。

当然这也是一字不差地移录《大明律》的旧文，其下附有释文曰：

> 各州县设立申明亭，凡民间应有词状，许耆老里长□□□□□□□□□□□孝不弟与□□□□□□□□□□□□惩戒……

在明嘉靖年间湖广提学副使应槚撰著的《大明律释义》中，在这一条目下，我们看到了如下内容：

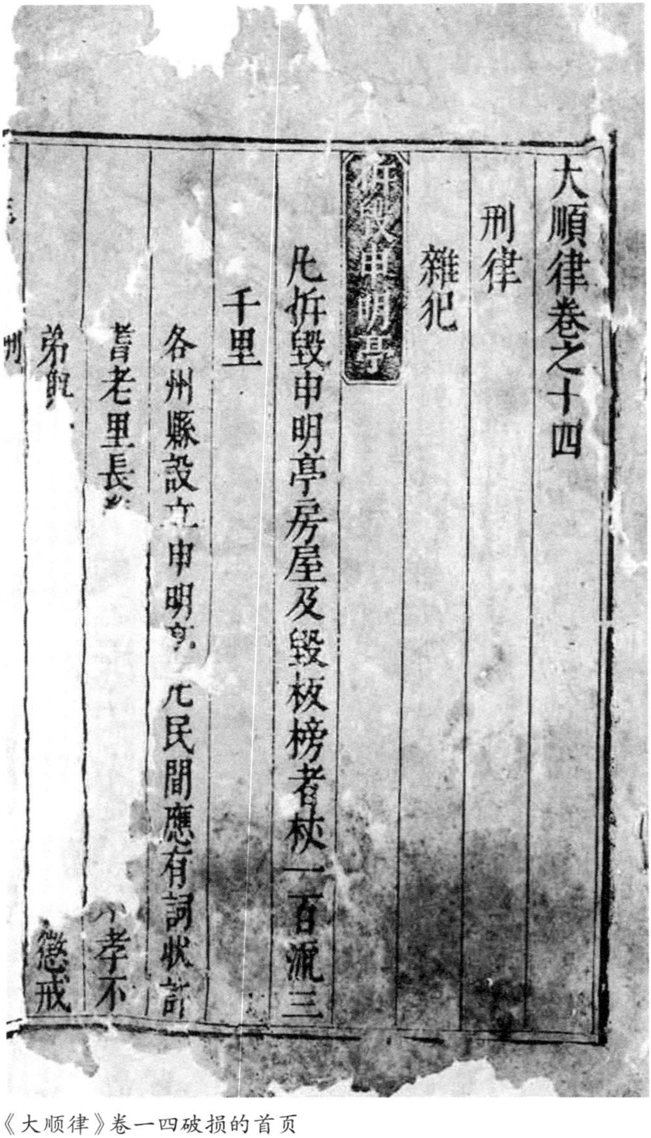

大順律卷之十四
刑律
雜犯
拆毀申明亭
凡拆毀申明亭房屋及毀板榜者杖一百流三
千里
各州縣設立申明亭凡民間應有詞狀許
耆老里長 孝不
弟飢 懲戒

《大顺律》卷一四破损的首页

各州县设立申明亭，凡民间应有词状，许耆老里长准受于本亭剖理，及书不孝不弟与一应为恶之人姓名于亭，以示惩戒，所以使人心知惧而不敢为恶也。……（应槚《大明律释义》卷二六）

两相对比，一目了然：我们在《大顺律》中看到的释文，其源头就在这里。

不过《大顺律》中的释文部分，并不是一一移录应槚的《大明律释义》，前面谈到的“检验尸伤不以实”条律文下的讲说内容，就不见于应氏此书。

为更好地了解这部分内容的出处，我们再来看武思忠先生在《李自成〈大顺律〉发现记》一文中披露的一页书影。在这一页上，有“狱囚取服辩”这一条目，其文曰：

凡狱囚徒、流、死罪，各唤囚及其家属，具告所断罪名，仍取囚服、辩文状。若不服者，听其自理，更为详审。违者，徒、罪笞四十，死罪杖六十。○其囚家属在三百里之外，止取囚服、辩文状，不在具告家属罪名之限。

其下所附释义文曰：

取服、辩者，欲使其无词也；不取服、辩及不为详审，是违律也。罪坐问官，得拟还职。家属，同居有服之亲皆是。

而应槚《大明律释义》卷二八有相应文字如下：

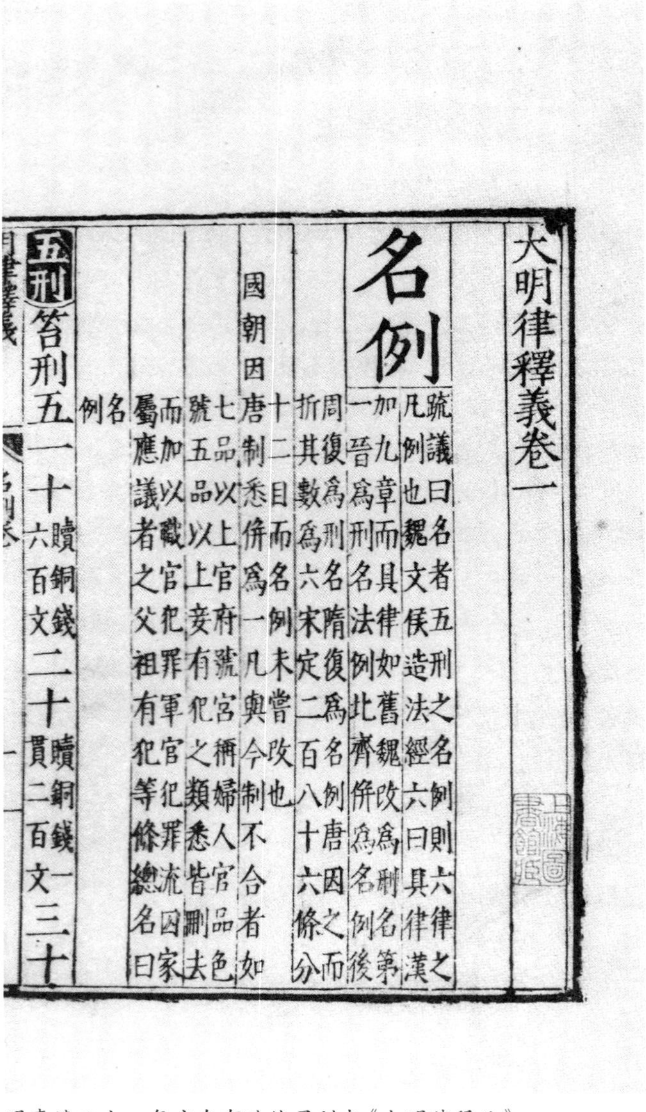

大明律釋義卷一

名例

疏議曰名者五刑之名例則六律之凡例也魏文侯造法經六曰具律漢加九章而具律如舊魏改爲刑名第一晉爲刑名法例北齊併爲名例後周復爲刑名隋復爲名例唐因之而折其數爲六宋定二百八十六條分十二目而名例未嘗改也

國朝因唐制悉併爲一凡與今制不合者如七品以上官府號宮稱婦人官品色號五品以上妾有犯之類悉皆刪去而加以職官犯罪軍官犯罪流囚家屬應議者之父祖有犯等條總名曰名例

五刑

笞刑五 一十贖銅錢六百文 二十贖銅錢一貫二百文 三十

明嘉靖三十一年广东布政使司刻本《大明律释义》

取服、辩，欲使其无词也；不取服辩及不为详审，曰违罪。坐问官。

对比两处文字，我认为应是前者承用后者而又略有增改，这是一种在应槚《大明律释义》基础上形成了另一种明朝本朝人讲说《大明律》的著述。

这样，结论也就出来了：我们看到的所谓《大顺律》，应是承自《大明律释义》成书之后明人纂集的某种疏解《大明律》的著述。具体的做法，或是直接照样翻刻，或是略微删改原书中与大顺政权直接抵触的个别内容。按照常理，李闯王麾下司职此事的官吏在当时只能如此行事。若是用更多的人可能略微知晓一些的古代法律著述来类比的话，那么，这部《大顺律》应当与《唐律疏义》更接近一些。

需要说明的是，或许有人会问：有没有可能是应槚删改了前人的某一著述呢？也就是说，前文所说今本《大顺律》中与《大明律释义》相同的文字，不是《大顺律》所承用的那一种著述沿袭了《大明律释义》的内容，而是反转过来，是《大明律释义》沿承了《大顺律》所承用的那一种著述的内容。

这种可能，基本可以排除。应槚身为朝廷高官，而不是给书坊编书的落拓文人，不会去胡乱攒书，用以牟利。更为重要的是，他还曾经做过专职的司法官员。据应氏自言，这部《大明律释义》的撰著，是缘于他在嘉靖六年任刑部主事时，以“备员法曹，幸无多事，而素性褊挟，不善应酬，乃得暇日，究心于律文，每有所得，随条附记，积久成帙”，从而就形成了这部著述。至于这部著述与其他既有书籍之间的关系，应槚也做有清楚说明，乃是“大率本之《疏义》（德勇案：似指明张楷撰三十卷本《律条疏义》，今有天顺五年

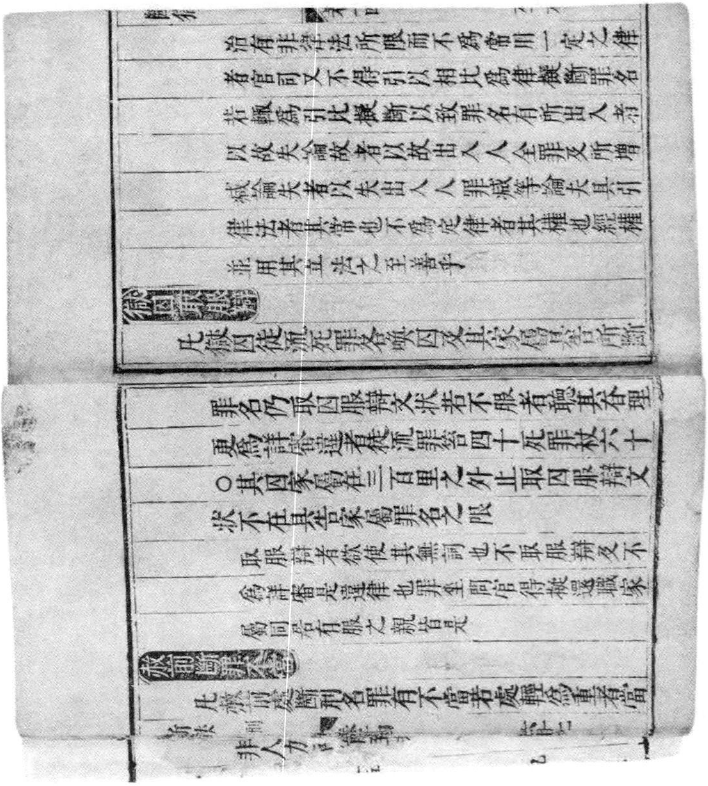

武思忠先生文中所附《大顺律》卷一四书影

刻本存世），直引诸书而参之以己意而已”（《大明律释义》卷末附应槚识语），这清楚说明他不会暗自抄袭他人的说法而不做标注。

应槚的《大明律释义》初刻于嘉靖二十二年六月以后，具体刊刻年代不甚清楚，今有嘉靖三十一年春广东布政使司重刻本存世。这样一来，李自成《大顺律》所承用的明朝律书，就最早也早不过嘉靖二十二年。

至于具体是借用了明朝后期哪一种解说《大明律》的书籍，由于手边无书，查阅不便，在此只好暂付阙如。不过这部书可能有传本存世，也可能已经失传，好事诸君，特别是有闲钱亦且有幸购得此书的嗜书瘾君子，不妨慢慢核对。做这种事儿，没什么学术难度，只是个功夫活儿。

对专门的明史研究专家或者中国古代法律史研究专家来说，这个《大顺律》残卷自然具有很高的史料价值。但对像我这样的普通“吃瓜群众”而言，这部残书最让我感慨的是，没有伟大、光荣、正确的中国共产党来领导，就是不行。像李闯王这样的草莽英雄，即使能够改变旧社会，但也绝不可能为我们建设出来一个红彤彤的新中国。连根本大法都一字不差地照抄自己所要推翻的明朝，造反的结果，只能是把朱姓的皇帝改换成李姓的娃子而已。

2017 年 12 月 12 日记

【附记】中国嘉德 2017 年秋季拍卖会第 2386 号拍品：《大顺律》，存一卷。2017 年 12 月 20 日上午 9:30 开拍。拍卖行提供的参考价，是 30000.00 元 / 50000.00 元。

题周启晋先生所藏《英翰剿捻奏稿》

此前清大臣奏稿，线装两册，为周启晋先生所藏，承自他的父亲绍良先生。前年我患病之前，启晋先生携古籍旧本数种，令我观赏，并嘱咐我写一点感想。

看到这两册书，我确实很感兴趣，因为过去与它还有过一段因缘。

记不清具体是哪一年了。大致是20世纪90年代的时候，有一次黄永年先生来京公干，赴周府看望老友绍良先生。因为说好了要看看绍良先生的藏书，所以特地带我做“随从”，实际上是想让我借机开开眼。

周绍良先生的人生态度很豁达，对藏书也很豁达。年龄大了，自己想做的研究也做了，书也就随之逐渐散去。当时，周府上的藏书，大部分都已经出让，手边剩下的，只是很少一部分还想用的，或是特别好玩儿的书籍。正因为绍良先生对待藏书是持这样一种态度，我也就产生了非分之想：要是他老人家还有藏书出让，卖给谁都是卖，说不定我还能得到一部沾沾光呢。

这次绍良先生拿出了十几部书来看，但大多都不对永年师的

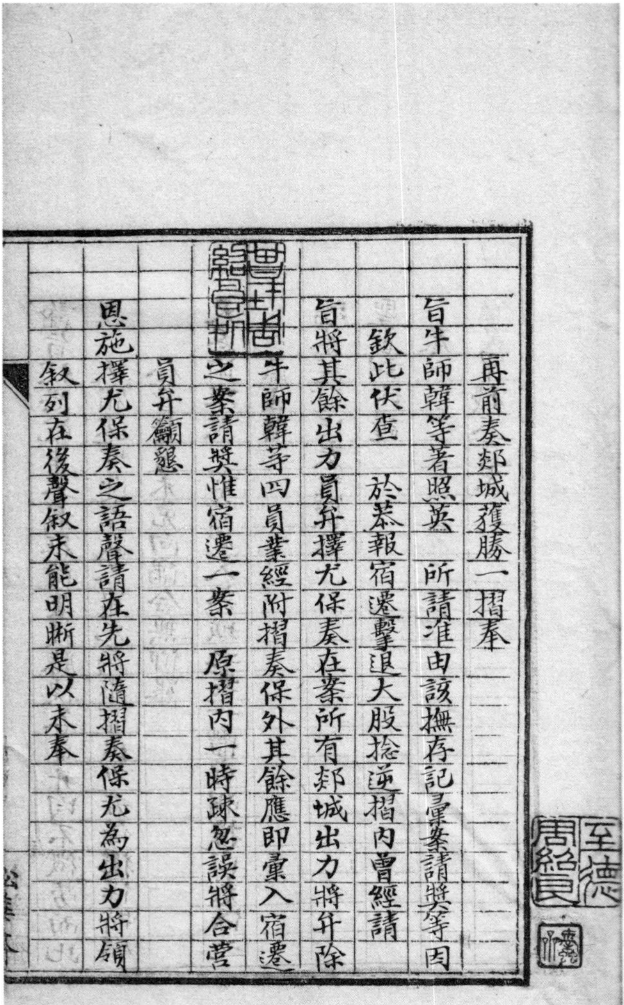

再前奏郯城獲勝一摺奉
旨牛師韓等著照英 所請准由該撫存記彙案請奬等因
欽此伏查 於恭報宿遷擊退大股捻逆摺內曾經請
旨將其餘出力員弁擇尤保奏在案所有郯城出力將弁除
牛師韓等四員業經附摺奏保外其餘應即彙入宿遷
之案請奬惟宿遷一案 原摺內一時疎忽誤將合營
員弁籲懇
恩施擇尤保奏之語聲請在先將隨摺奏保尤為出力將領
敘列在後聲敘未能明晰是以未奉

《英翰剿捻奏稿》第一册首页

胃口。这是因为两位老先生虽然都喜欢藏书，可收书的旨趣却有很大差异。

简单地说，黄永年先生的藏书，是传统“正宗”学者的藏书，收书的范围，可以形象地用“正经正史”来表述，而绍良先生则特别关注那些主流学术之外杂七杂八的东西，在传统的“正宗”学者看来，显得不三不四。

附带表曝一下自己，当时我正尝试买一点儿古刻旧本，路数大体上更偏倾于绍良先生一路，不管多么精灵古怪的东西，只求稀见，最好是世上绝无仅有的孤本秘籍。现在回想起来，学术上的收益，是在“广见闻”方面有了非常大的拓展。不过后来又返璞归真，回到本师的路数，在力所能及的情况下，尽量多买一些基本经史书籍的重要版本，当然实际上只能买得起影印复制的货色，像所谓“中华再造善本”就买了一大堆，以至有学生竟戏称我的书房为“再造善本之室”。前后结合起来，买书的内容，还是为“读常见书而知稀僻书”这一读书宗旨所涵盖。

在绍良先生展示的这些书籍中，最有特色的，是几册明代的宝卷。白棉纸，经折装，开本巨大，引首还镌有很精美，同时也很长很长的图像，实在叹为观止。我不仅当时在别的地方从未见过，直到今天，也再没有见到可以与之媲美的明刻本宝卷。

绍良先生讲，这些都是佛像肚子里边藏的东西。这是过去很多地方塑造泥像时的规矩，开光前会在佛像的腹中填放一些经卷等印刷品。明清时期，民间的佛教信仰，大多混杂有很多“外教”的东西，想得到想不到的，什么都有。宝卷是非主流“民间宗教”的经卷，而这些五花八门的所谓“民间宗教”，大多与佛教关系密切，或者可以说是源自佛教的“新兴宗教”，所以在大佛的肚子里揣上几册宝卷，实在是很平常的事儿。记得有一次在潘家园，听一位古董商贩津津乐道地讲，他见过的明代春宫画，都是从如来佛的肚子里掏出来的，其细腻的工笔，活灵活现，比什么“毛片儿”都好看。知道周家和佛教界密切关系的朋友，都很容易理解，为什么绍良先生会有机缘收得这些宝卷。

另一件颇为引人注意的藏品，是一部元刻残本，是和日本静嘉堂文库所藏元建阳书坊所刻《新刊类编历举三场文选》差不多的一种场屋用书。这书当然十分罕见，但和上面提到的明人宝卷一样，好是好，可也只能看看。它的品位和价位都明摆着呢，即使绍良先生舍得让出来，那也不是我够得着的东西。我买古旧书，一贯都是这样，够不着的东西，从不多想，也没兴趣多看，该是谁的就是谁的。自己买得起并且买到了手里，才会慢慢摩挲，悉心品味。

那一天真正引我心动的一部书，就是这两册清臣的奏稿，因为它是一份罕见的史料。这种东西时代较晚，主流的藏书家，特别是当时圈子里占据主体地位的“玩家”，对它是不大在意的，市价算是比较平常。由于绍良先生自己，也不是集中收藏这类近乎档册的文献，同类东西，他见得多了，对它不会十分在意，出让的可能性是比较大的。

黄永年先生看了一眼，顺手就把它放到一边，颇有些不屑一顾的神情，而我却有些爱不释手。我一边翻看，一边随口询问绍良先生：“这是谁的奏稿？”绍良先生告曰：“乔松年打捻子的。”“捻子”就是“捻军”，是清咸丰、同治年间在长江北岸，特别是淮河以北的中原各地聚众反抗清廷的民间武装势力，南与太平军相呼应，对清廷造成了近乎致命的打击。故平定这次造反之后，有所谓“同治中兴”的说法。

不管怎么喜欢，也不能开口就问绍良先生是不是可以转让。只好在从周府返回的路上，恳请黄永年先生，以后若有向绍良先生

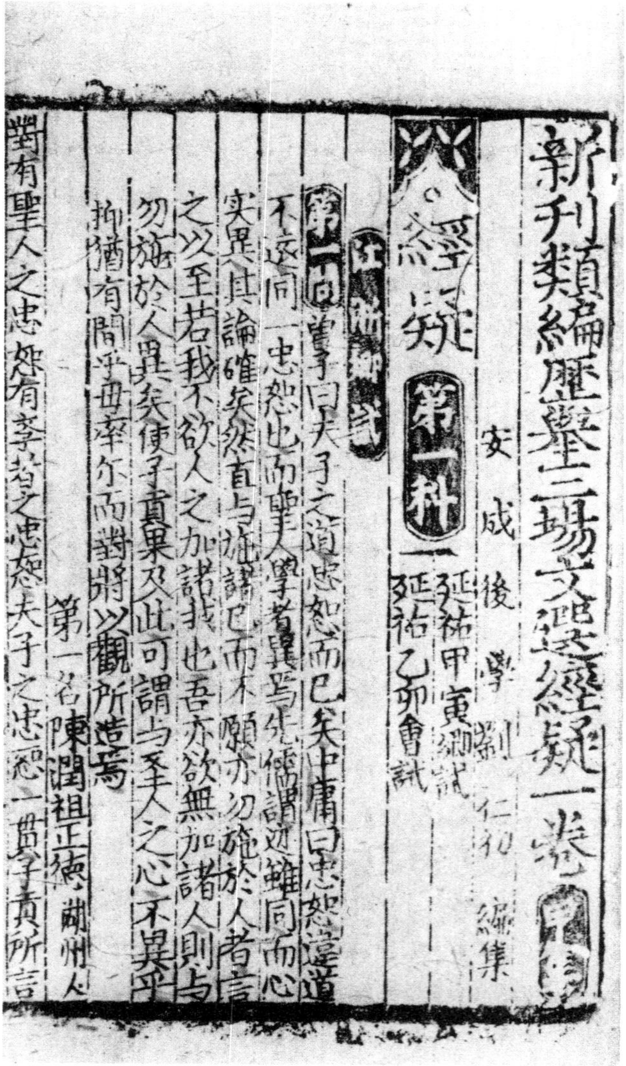
新刊類編歷舉三場文選經疑一卷
安成後學劉仁初編集
經疑 第一科
延祐甲寅鄉試
延祐乙卯會試
江西鄉試
第一問 曾子曰夫子之道忠恕而已矣中庸曰忠恕違道
不遠同一忠恕也而聖人學者異焉先儒謂迹雖同而心
實異其論確矣然直与施諸己而不願亦勿施於人者言
之以至若我不欲人之加諸我也吾亦欲無加諸人則与
勿施於人異矣使子貢果及此可謂与聖人之心不異乎
抑猶有間乎毋率尔而對將以觀所造焉
第一名陳潤祖正德湖州人
劉有聖人之忠恕有學者之忠恕夫子之忠恕一貫子貢所言

日本静嘉堂文库藏元建阳书坊刻本《新刊类编历举三场文选》（据《静嘉堂文库宋元版图录》）

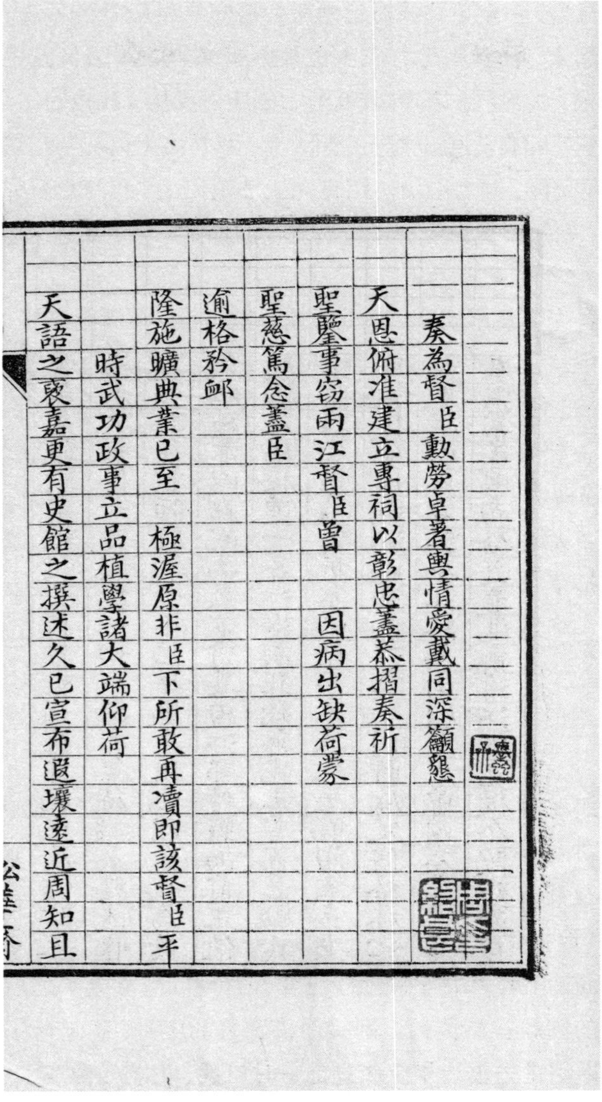
奏為督臣勳勞卓著輿情愛戴同深籲懇
天恩俯准建立專祠以彰忠藎恭摺奏祈
聖鑒事竊兩江督臣曾 因病出缺荷蒙
聖慈篤念藎臣
逾格矜卹
隆施曠典業已至 極渥原非臣下所敢再瀆即該督臣平
時武功政事立品植學諸大端仰荷
天語之褒嘉更有史館之撰述久已宣布遐壤遠近周知且

《英翰剿捻奏稿》第二册首页

打探的机会，一定记住我对这两册奏稿的浓烈兴趣。

说起来，我和周启晋先生也是颇有缘分。周绍良先生八十华诞的时候，学界同仁编辑出版了一部庆寿文集，我也写了篇小文，表示祝贺。绍良先生设宴，答谢大家，我在席上恰巧与启晋先生邻座，相互交谈，颇为融洽。绍良先生仙逝以后，我与启晋先生亦时或往来，始知绍良先生身边最后剩存的那批书籍，都特地留给了启晋先生。

启晋先生从事实业，卓有成就。这一点，在周氏家族“启”字一辈人中，是独一无二的。既得尊人旧藏，退休家居以后，兴致缘此而勃发，便又在一些特别的门类上有很大的扩充和发展。其中最大的一项特藏，是在绍良先生旧有宝卷的基础上，继续多方寻觅，大肆搜罗，很快，不管是在数量上，还是质量上，都已卓然海内外第一大藏家。

若是早知道启晋先生有此等雅兴，当年我是绝不会妄动非分之想的。随着启晋先生收书兴趣的增加，我们之间的交往也就愈加密切。于是，我就又有机会重见这两册奏稿。不过现在，我对购藏古刻旧本，早已没有那么强烈的欲望，看一看，也就心满意足了。

仔细观看，可知这两册奏稿的主人，是清代的安徽巡抚，而乔松年在同治前期正在安徽巡抚任上，奏稿的内容，也多与剿荡捻军的活动及其相关后续事宜有关，不过检钱实甫《清季重要职官年表》之《巡抚年表》可知，它并不是乔松年的奏稿，写下这些奏稿的是在同治五年八月至同治十三年九月期间继乔老爷之后出任安徽巡抚的满族官员英翰。翻检原稿题署的年月，确定这一点并不困难。周绍良先生当年应该只是一时口误，把英翰说成了乔松年。看老人在这部书上前前后后非常谨饬地钤盖有多枚印鉴并一直将其珍存身边的情况，可知他是不会误识这两册奏稿的作者的。

奏稿无大题，书衣也没有题签，内文用的是“松华斋”红格稿纸，文字抄录得工工整整，还多移录有同治皇帝的批旨，显然都是郑重存留的重要奏疏，大多也应当是独一无二的珍稀史料。当年范文澜先生等人编纂《捻军史料丛刊》，也就是《中国近代史资料丛刊》中的《捻军》部分，就没有能够找到并利用这些英翰剿捻的奏稿，这不能不说是一个很大的缺憾。

这两册奏稿中还有一些很特别的内容。绍良先生一直将其珍藏书箧，可能只是因为这是其安徽老家的乡邦文献，但更有可能就是缘于这一部分特别的内容。特别在哪里呢？它与一出历史大戏直接相关联，实在好玩儿得很。也许，能让你联想到《水浒传》，当然也可能是《金瓶梅》，还有可能是《论语》里讲的“有教无类”。不过现在还是不能过多剧透，因为我想在日后暇时，写一篇专稿，具体加以述说，和大家一块儿，体味一下历史到底有多好玩儿。

在这里，应当先给它拟个书名——事从其实，不妨就题作《英翰剿捻奏稿》，不知启晋先生以为当否？

2018 年 5 月 12 日晚记

题桐城方氏批本《梦窗甲乙丙丁稿》

一、匹夫销夏翻闲书

桐城方氏批本《梦窗甲乙丙丁稿》书衣

周启晋先生嘱咐我为他收藏的桐城方氏批本《梦窗甲乙丙丁稿》写两句话，拖延了很长时间，没能交稿。这当然是由于实在没有这个能力。原因是这是一部木版刻印的书籍，当然只能用毛笔文言来书写题跋，可我一是不会写毛笔字，二是不会写文言文，三是根本看不懂这么高雅的“词”，这些都让我很难动笔写；再说杂事太多，也实在腾不出手来写。另外，去年秋天得了场大病，到现在，还在康复治疗之中，也就更顾不上写了。

腿脚不利索，“扶病”上了一个

学期的课。放假了，稍得闲暇，不过身体不太好，还是不敢出力气看书做学问。偏偏这个夏天又奇热无比，可谓“热火朝天”，这也让人很难静下心来做正经事儿。

和现在一样，古代的读书人也分两大拨。

一拨是国事、家事、天下事，事事关心。《易》云“天垂象，见吉凶”，一碰到这样异常的天象，他们自然议论纷纷，甚至还会给皇帝老子上奏章，说什么“炕阳失众”啦，“炕阳动众”啦，总之，摊上了大事，得想办法避避风头。那么，“事儿”大到什么程度了呢？“众”用今天的俗话讲就是“大家伙儿”。想想“众怒难犯”那句成语，就明白事态确实是很严重，也就能够理解那一班文人学士忧从何来了。

另外一拨人，不那么事儿事儿地瞎操闲心。要是真的到了墙倒众人推的地步，凭你怎么顶，也是顶不住的。自己又不是“赵家人”，干脆顺天应时，偷着找点儿乐子，避暑消夏。于是我们看到有孙承泽的《庚子销夏记》、高士奇的《江邨销夏录》、吴荣光的《辛丑销夏记》、端方的《壬寅销夏录》等等，都是暑热中赏玩书画碑帖而写下的题识。

吴荣光写《辛丑销夏记》，是在道光二十一年，正值英吉利炮舰东抵夏土，以致中国专制王朝遭遇亘古未有大变局的时候。国势危殆若此，现在很多坐而论道的人士，必定又要大谈特谈“天下兴亡，匹夫有责”的神圣论调，而吴氏却自言系以“放废余生，无官守，无言责，闭户养疴，长昼无事”而撰著此等闲散书稿，似乎没有一丝一毫“天下”的情怀。

所谓“天下兴亡，匹夫有责”，这一主张源出朱明遗民顾炎武而语成于近人梁启超。现在我们社会大众谈起这两句话，往往会把它和抵御外侮、整治乱世结合起来。在顾炎武的原始话语里，这

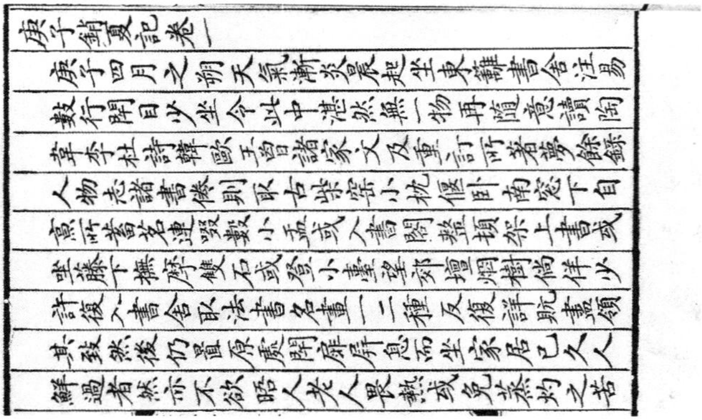

庚子銷夏記卷一

庚子四月之朔天氣漸炎晨起坐東籬書舍注易數行閉目少坐令此中湛然無一物再隨意讀陶韋李杜詩韓歐王曾諸家文及重訂所著夢餘錄人物志諸書倦則取古柴窯小枕偃臥南窓下自烹所蓄茗連啜數小盃或入書閣整頓架上書或坐藤下撫摩雙石或登小臺望郊壇烟樹徜徉少許復入書舍取法書名畫一二種反復詳玩盡領其致然後仍置原處閉門屏客危坐家居已久人鮮過者然亦不欲晤人老人畏熱或竟炎灼之苦

清乾隆刻本《庚子销夏记》

江邨銷夏錄卷一

竹窓　高士奇　輯

晉右軍王羲之袁生帖紙本、高八寸、闊三寸、計三行

得袁二謝書具為慰袁生暫至都已還未此生至到之懷吾所盡也音釋本法書要錄

右草書、計二十六字、宋宣和御府收藏、月白箋御標、晉王羲之袁生帖七字、泥金楷書、晉字微有剝損、黃絹隔水右邊鈐印、長方雙龍璽二方、御書瓢印一方、本帖之右圓雙龍璽一方、宣和連章一方、帖左政和宣和一璽、鈐印長方雙龍璽二方、政和連章一方、後有內府圖書之印、末有真賞瓢章、華夏藏印、蓋錫山華氏故物、摹入真賞

清康熙刻本《江邨销夏录》

一层语义，讲的是维护江山社稷，系名之曰“保国”，亭林先生乃谓之曰：“保国者，其君其臣，肉食者谋之。”（《日知录》卷一三“正始”条）就此而言，吴荣光述说自己“无官守，无言责”，就是声明其身处草野，已不在庙堂“肉食者”之列，自然也就没有“保国”的责任；或者更准确地说，是他此时既非赵家人，也非赵家臣，根本就没有那个资格，所以用不着自作多情。

不过，吴荣光是当过巡抚、总督的人，原本是地地道道的封疆大吏。他说自己是“放废余生”，似乎颇有怨怼的意味。因为最早在《汉书》里提到这个词时，是用在前两年从地底下挖出来的那个海昏侯刘贺身上，时人以“嚣顽放废之人”呼之(《汉书》卷六三《昌邑王贺传》)，因而这个词显然带有不受朝廷待见的意思。吴荣光这样讲，或许是由于他本来没有主动告退的意思，乃是“奉旨以年力就衰”而“原品休致”（张维屏《国朝诗人征略二编》卷五一），用现在的流行语讲，就是“被离休”了。当年，他已是六十八岁高龄，就是“七上八下”，也该给别人腾个地方了，何况退下来一年多也就去世了（光绪《广州府志》卷一二九《列传》），道光皇帝让他“离休”，也是合理的安排。看起来当官确实容易让人上瘾，超脱旷达，谈何容易。

不管吴荣光一生仕宦都干过什么经世济民的政事，我倒是从他还乡后的这种闲适状态中找到了共同的感觉。所谓“闭户养疴，长昼无事”，情景正与吴氏差相近似。

本来就是匹夫贱民，国事又禁不得妄议，自不妨在炎炎盛夏中也给自己找点儿乐子。不管是孙承泽、高士奇，还是吴荣光、端方，其实都算得上是达官贵人，书画碑帖之类，自属其寻常清赏雅好，远非像我这样的寒素书生所能问津。虽然当年趁留意者寡而多少买过几本古刻旧本，看起来与书画碑帖颇有相通之处，但徜徉书肆，累年所得，也只能是人弃我取，不可能买下什么象样的东西。

暑中翻弄旧刻本书消遣，需要好玩儿又不费心力，于是，我想到了这部《梦窗甲乙丙丁稿》。

很多朋友一定会觉得我文字太拖沓，写了这么半天才进入主题。其实我一向认为做研究、写文章重要的是过程，有意思的也是这个过程。内容的丰富性，常常会寄寓在曲折回环的过程之中，不能只是简单地看结果。往大了说，人生的意义就是展现生命的进程而不是品尝生命的结果，因为生命的结果是死亡，对谁来说都不是好事，轻易不会产生品尝的冲动。人与人的不同，就是生命进程的不同；文章与文章的根本差别，则是所表述的内容。常蹦高儿登梯子东张西望的人都知道，成网红的人啥样儿的都有，有的人一开口就滔滔不绝讲好几个钟头，时不时地还亮亮胸大肌、臀大肌、肱二头肌、肱三头肌，招惹得女人羡慕男人嫉妒恨，而实质性内容往往也就那么几句话，可大家还是愿意眼巴巴地竞相围观。为啥？关键是他有自己独特的东西。文章好孬不在怎么写，关键是到底有没有值得一看的干货。当然，这么说并不是我的文章就干货满满，引人入胜，我这么讲，只是在谈拙文的努力方向。文章写不好，自己知道，只是文有别才，非关学也，不是想写好就能写好的。年龄大了，愈加罗嗦，这一点只能请各位读者多多包涵了。

二、半塘老人和彊邨先生校刊的《梦窗词》

前面一开头我就说了，迟迟不能动笔给这部书写题记，有一个原因，是我看不懂词，即这部书是一部词集。作者吴文英，是南宋后期著名词人。书名《梦窗甲乙丙丁稿》，不了解古书称谓习惯的人乍看起来显得有些怪异，甲、乙、丙、丁，就是一、二、三、四，

方氏旧藏甲辰本《梦窗甲乙丙丁稿》内封面

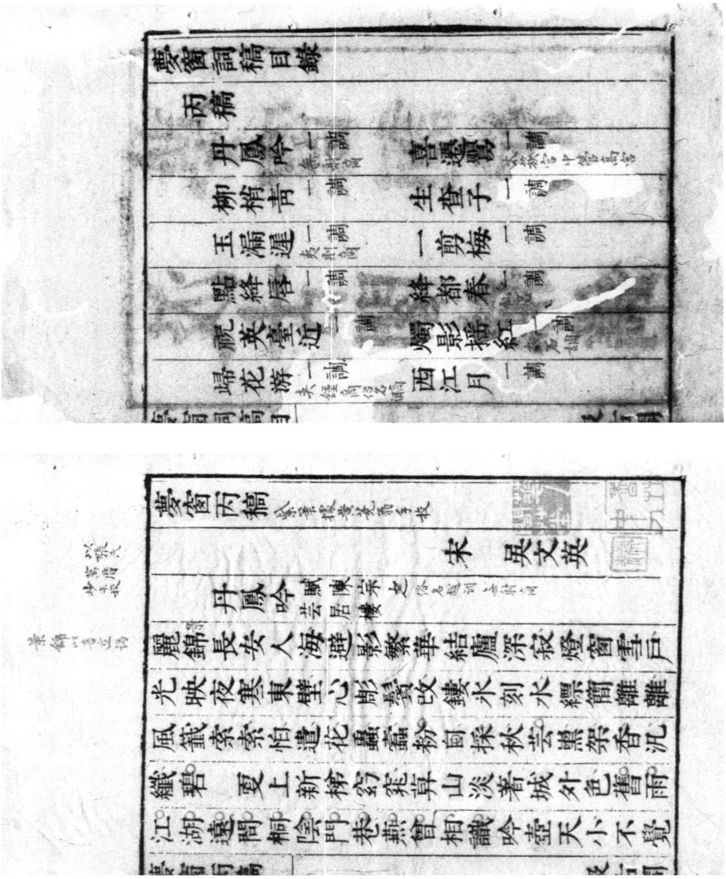

夢窗詞稿目錄

丙稿

丹鳳吟 一調　喜遷鶯 一調

柳梢青 一調　生查子 一調

玉漏遲 一調　一剪梅 一調

點絳脣 一調　絳都春 一調

祝英臺近 一調　燭影搖紅 一調

歸花游 一調　西江月 一調

夢窗丙稿

宋　吳文英

丹鳳吟 賦陳宗之芸居樓

麗錦長安人海避影繁華結廬深寂燈窗雪戶

光映夜寒東壁心彫鬢改鏤冰刻水縹簡離離

風籤索索怕遣花蟲蠹粉自采秋芸熏架香汎

纖碧 更上新梯窈窕暮山淡著城外色舊雨

江湖遠問桐陰門巷燕曾相識吟壺天小不覺

人民文学出版社影印清末郑文焯批校明末汲古阁初刻丙、丁二稿本《梦窗词》

好像真有点儿“数马足”的味道。实际这是《梦窗词甲稿》《梦窗词乙稿》《梦窗词丙稿》《梦窗词丁稿》的合称，亦称《梦窗词四稿》或《梦窗四稿》，是《梦窗词稿》的甲、乙、丙、丁四编。本书诸编卷首镌梓的正式名称，是《梦窗甲稿》《梦窗乙稿》《梦窗丙稿》《梦窗丁稿》。

吴文英是一代词学名家，可传世《梦窗词》最早的刻本，只有明末毛晋汲古阁刻印的《宋名家词》本（初仅得丙、丁二稿授梓，续得甲、乙，乃合成全璧。此本另有清光绪十四年钱塘汪氏重刻本及民国时期上海博古斋影印本），其后又有清咸丰十一年（辛酉）杜文澜刊刻的《曼陀罗华阁丛书》本。然而这两个刻本的文字都有很多舛讹，有待勘正，即“毛刻失在不校舛谬，致不可胜乙；杜刻失在妄校，每并毛刻之不误者而亦改之”（王鹏运光绪甲辰校刻本《梦窗甲乙丙丁稿》卷首王氏《述例》）。除了版本来源本身的问题之外，这在很大程度上，是由于校订词籍有特殊的难处，非谙于其味者不能办，而元代以后词学颓落，以致刻书者往往不得要领。

逮清朝末年，有四印斋主人半塘先生王鹏运，复振起斯学，并致力于词籍的校勘。在这当中，吴文英的《梦窗词》，因并无宋元古本传世，而当时所能见到的毛、杜二氏刻本，其与《梦窗词》相关的工作，业师黄永年先生《跋四印斋初刻本〈梦窗甲乙丙丁稿〉》一文有清楚叙述，乃谓王鹏运及彊邨先生朱祖谋，先后数次校刻吴氏此集：

> 半塘、彊邨两翁合校《梦窗词四稿》本凡三刻。光绪己亥半塘四印斋初刻。越五载甲辰，四印斋用己亥本重校。越四载戊申，彊邨无着盦又用己亥本重校刻。然甲辰本椠毕半塘遽谢世，止印样本两册，为况蕙风、缪艺风分得。彊村刊戊申

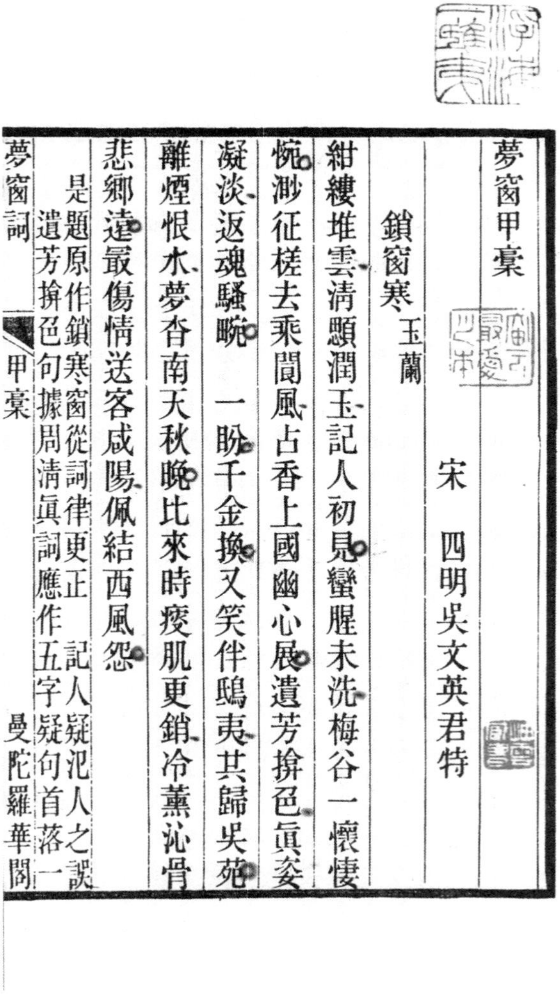
夢窗甲稾
宋　四明吳文英君特
鎖窗寒　玉蘭
紺縷堆雲清顋潤玉記人初見蠻腥未洗梅谷一懷悽
惋渺征槎去乘閬風占香上國幽心展遺芳掩色眞姿
凝淡返魂騷畹　一盼千金換又笑伴鴟夷共歸吳苑
離煙恨水夢杳南天秋晚比來時瘦肌更銷冷薰沁骨
悲鄉遠最傷情送客咸陽佩結西風怨
是題原作鎖寒窗從詞律更正　記人疑汜人之誤
遺芳掩色句據周清眞詞應作五字疑句首落一
夢窗詞　甲稾　曼陀羅華閣

清咸丰刻《曼陀罗华阁丛书》本《梦窗词》

本时已不悉有甲辰重刻之事，而己亥、戊申两本向亦难得。……盖彊村假得明写一卷本刊入《丛书》后，戊申本遂见弃置。己亥本未收入《四印斋所刻词》中，传世止初印若干册而已。其后况蕙风用所得甲辰样本景印传布，琉璃厂书铺又获甲辰原版刷印，前数年京中尚有新印本。己亥、戊申两版迄未重印，殆灰灭已久矣。（见《黄永年文史论文集》第五册）

上述文字相当简练，不悉古籍版本者，读来或许一头雾水。因此，不妨让我来啰唆一番，适当结合其他资料，重新排比相关内容，稍加说明。

（1）王鹏运、朱祖谋两人校刻的《梦窗甲乙丙丁稿》前后共刊刻有三个版本。

（2）其第一个版本，也就是初刻本，是己亥年亦即光绪二十五年的刻本。这个刻本是由王鹏运与朱祖谋同校，而以王氏斋号“四印斋”的名义付梓。此本可称之为“己亥本”。

这个己亥初刻本仅有初印本若干册，也没有印入王鹏运校刻的词集丛刊《四印斋所刻词》，后来也再也没有重新刷印，所以一向难得。

（3）其第二个版本，是己亥初刻本梓行五年后的甲辰年、亦即光绪三十年的再刻本。这个刻本是由王鹏运勘校并仍以“四印斋”的名义刊刻，是用己亥初刻本重新校刊的。此本可称之为“甲辰本”。

这个甲辰本刊刻于扬州，刚刚刻成，王鹏运就在苏州旅馆去世。王氏离世前仅仅刷印了两部试印的样本，刻书的匠人将这两部样本分别送给了况周颐（号蕙风词隐）和缪荃孙（号艺风老人）。缪荃孙在所得样本的篇末，记述了这两部样本留存于世的具体细节。

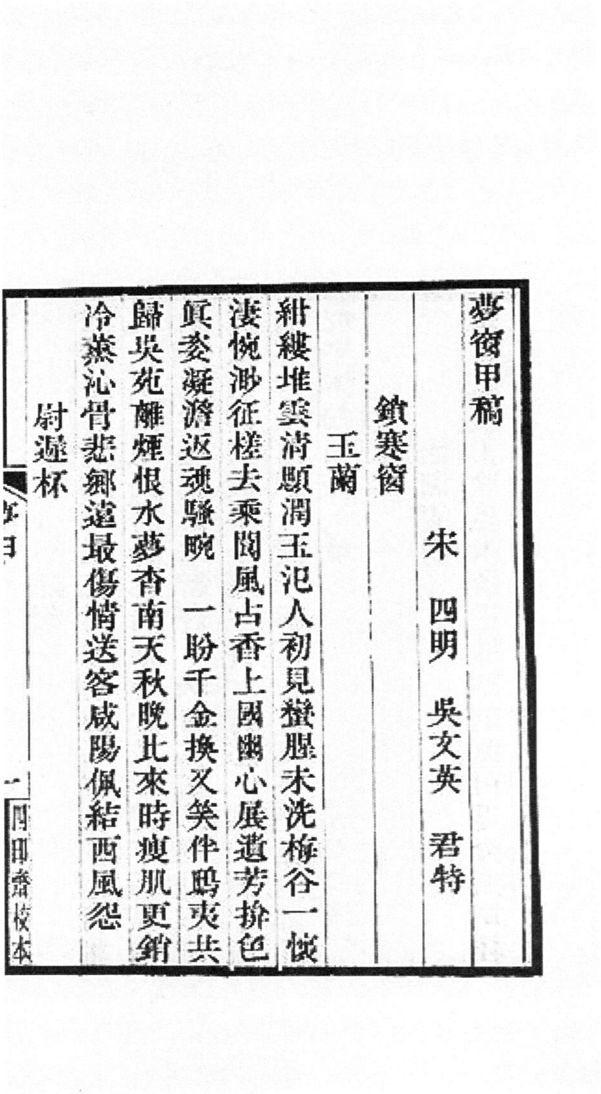
夢窗甲稿

宋 四明 吳文英 君特

鎖寒窗

玉蘭

紺縷堆雲清顋潤玉氾人初見蠻腥未洗梅谷一懐淒惋渺征槎去乘閬風占香上國幽心展遺芳掩色眞姿凝澹返䰟騷畹 一盼千金換又笑伴鴟夷共歸吳苑離煙恨水夢杳南天秋晚比來時瘦肌更銷冷蕊沁骨悲鄉遠最傷情送客咸陽佩結西風怨

尉遲杯

夢甲 一 四印齋校本

己亥本《梦窗甲乙丙丁稿》

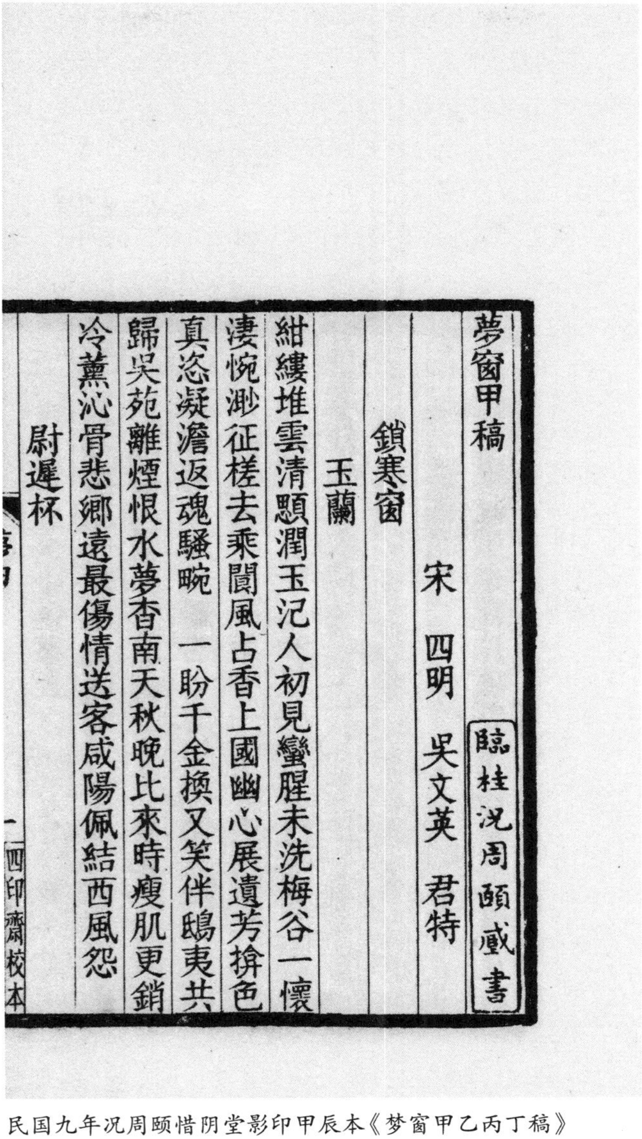

夢窗甲稿

臨桂況周頤戲書

宋　四明　吳文英　君特

鎖寒窗

玉蘭

紺縷堆雲清顋潤玉氾人初見蠻腥未洗梅谷一懷淒惋渺征槎去乘閬風占香上國幽心展遺芳掩色真恣凝澹返魂騷畹　一盼千金換又笑伴鴟夷共歸吳苑離煙恨水夢杳南天秋晚比來時瘦肌更銷冷薰沁骨悲鄉遠最傷情送客咸陽佩結西風怨

尉遲杯

四印齋校本

民国九年况周颐惜阴堂影印甲辰本《梦窗甲乙丙丁稿》

甲辰再刻本的初印样本虽然只有两部，但后来有过三种形式的印本，流通范围颇广。

第一种是况周颐藏本的影印本。况氏在民国九年，将其所得初印样本以“惜阴堂”的名义付诸影印。从这个影印本中可以看出，书上钤有“临桂况周颐藏书”印记。

第二种是缪荃孙藏本的影印本。缪藏《梦窗词四稿》试印样本后入近代大藏书家随庵老人徐乃昌手，旋移赠朱祖谋传砚弟子忍寒先生龙榆生，而龙榆生先生后又将其授与得意门生、我的老师黄永年先生。1989 年上海古籍出版社影印王鹏运辑刻《四印斋所刻词》，借用业师所藏此甲辰样本，附印于篇末，今人遂得以便利查阅。不过上海古籍出版社在影印如此珍稀的古籍时，竟然对版本的来源及其传承源流没有做任何说明，未免过于强横。

另一种是原版刷印本。民国二十三年琉璃厂书肆来熏阁又获甲辰原版，刷印流通。当代尚有重刷新印本。此本在内封面的后面增刻有“民国廿三年版归北平来熏阁”双行牌记。

（4）其第三个版本，是甲辰再刻本梓行四年之后的戊申年、亦即光绪三十四年的三刻本。这个刻本，是由朱祖谋以其斋号“无着盦”的名义刊刻的，其所依据的底本，和甲辰再刻本一样，也是己亥初刻本。此本可称之为“戊申本”。

朱祖谋校刻此戊申三刻本时没有利用王鹏运甲辰再刻本，是因为如上所述，甲辰本只有两部样本存世，朱氏未有所闻。

这个戊申三刻本印本数量也很稀少。朱祖谋校刻词籍丛刊《彊邨丛书》时，弃置戊申本未用，而是从涵芬楼抄录了一个不分卷次的“明万历二十六年太原张廷璋氏藏旧钞本”作为底本（说见《彊村丛书》本吴词后附张尔田跋），颜曰《梦窗词集》。是编刻于民国癸丑亦即 1913 年，所以沿用前例，也可以称之为“癸丑本”。因是

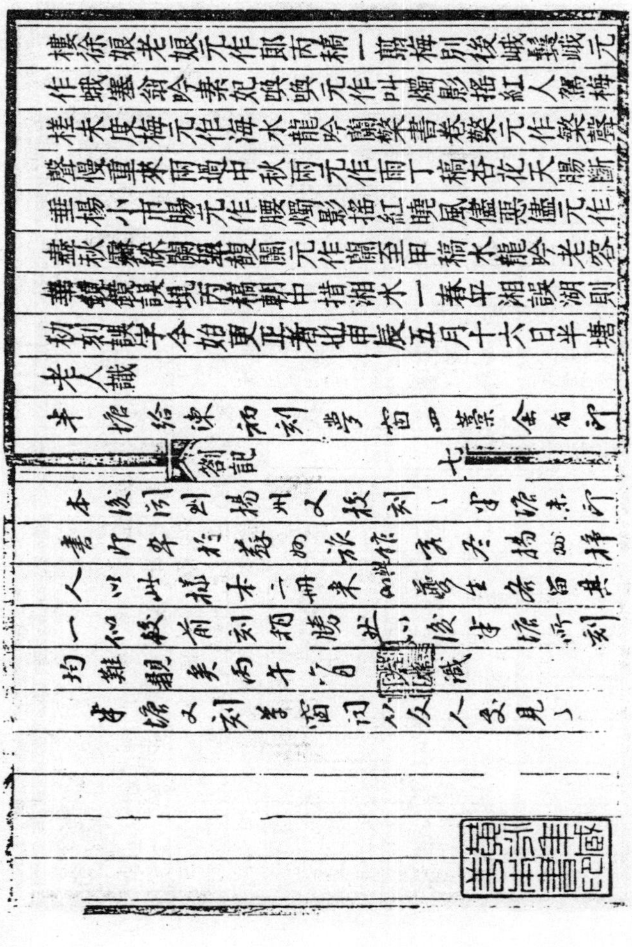

缪荃孙藏甲辰试印样本《梦窗甲乙丙丁稿》篇末缪氏识语

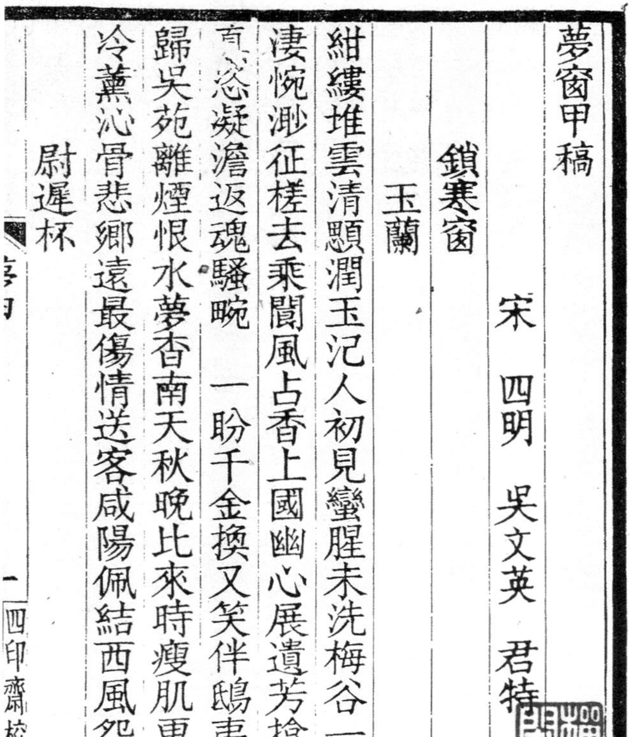
夢窗甲稿

宋 四明 吳文英 君特

鎖寒窗

玉蘭

紺縷堆雲清顋潤玉汜人初見蠻腥未洗梅谷一懷淒惋渺征槎去乘閬風占香上國幽心展遺芳揜色眞恣凝澹返魂騷畹 一盼千金換又笑伴鴟夷共歸吳苑離煙恨水夢杳南天秋晚比來時瘦肌更銷冷薰沁骨悲鄉遠最傷情送客咸陽佩結西風怨

尉遲杯

四印齋校本

民国二十三年琉璃厂来熏阁书肆重刷甲辰本《梦窗甲乙丙丁稿》

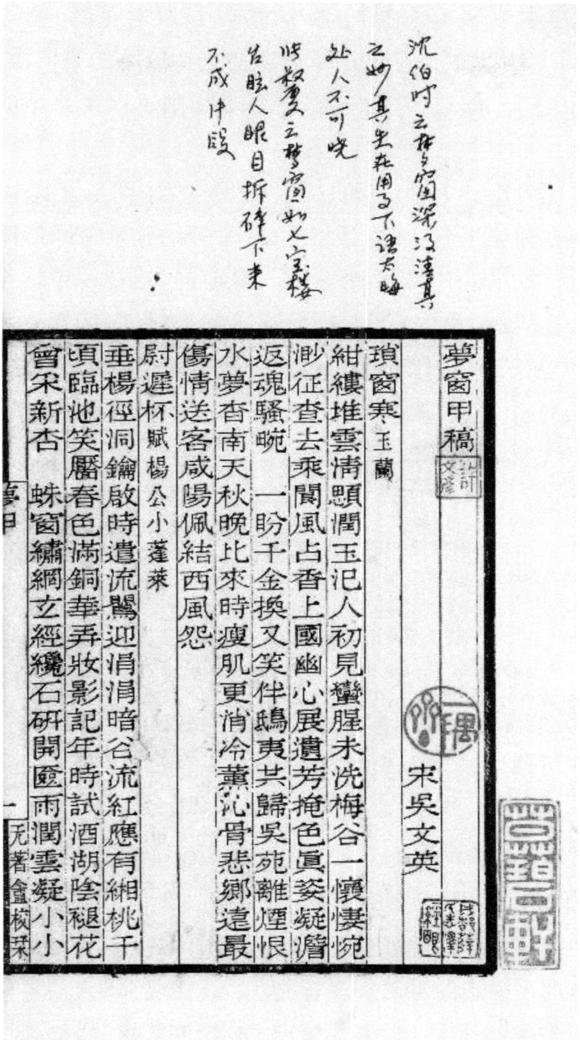

戊申本《梦窗甲乙丙丁稿》

之故，戊申本与己亥本一样，再未重刷，所以世间亦不甚多见。对于《梦窗词》来说，这是王鹏运己亥初刻本以来的第四次校刻本，即癸丑四刻本，而对于朱祖谋本人来说，则可以说是他的第三次校本。

在以明万历钞本替代汲古阁以至曼陀罗华阁系统版本的同时，朱祖谋还把独见于毛、王二氏旧本的词作录为《梦窗词集补》一卷，编在篇后；另外还附以他自己写的《梦窗词小笺》一卷。至于朱氏为什么移徙故辙，另辟新径，则显然是由于新得明万历钞本大大优于旧有的毛氏汲古阁以至杜氏曼陀罗华阁这一系统的版本，在这里就不予赘述了。

需要略加补充的是，朱祖谋对这个《彊村丛书》本仍然不够满意，仍然续有校订，拟另行“精刻单行”，同时还想“广征时人专治吴词著述，如新会陈述叔〔洵〕《海绡说词》、永嘉夏瞿禅〔承焘〕《梦窗词后笺》之类，汇为巨帙，以成一家之言”，唯惜“孤怀未竟，遽归道山”。1933 年，弟子龙榆生编刻《彊村遗书》，收入此单行正集，号称“强邨老人四校定本”或“强邨老人定本”，仍题《梦窗词集》（相关情况见此本末附龙榆生跋文）。以干支纪年，时值癸酉，故此本亦可谓之曰“癸酉本”。若承上所说刊刻次第，即属癸酉五刻本。

吴文英《梦窗词》自清末以来的版本纷杂如是，这还讲的只是王鹏运、朱祖谋一派校勘的本子，没敢旁及其他。故周启晋先生嘱咐我为他收藏的《梦窗甲乙丙丁稿》写几句话，首先便是希望我来谈谈对这部书版本的看法。没有办法，只好现学现卖，主要依据业师黄永年先生的研究，学习并梳理《梦窗词》相关版本源流如上。版刻研究虽然有自己的特点，尤其需要上下左右地参照对比，但其实研究所有学术问题，都是这样，都需要在大背景下深入剖析具体

夢窗詞集　　四一五七

四明　吳文英　君特

瑣窗寒　無射商俗名越調犯中吕宫又犯正宫

玉蘭

紺縷堆雲，清顋潤玉，氾人原鈔氾作記毛本同从杜文瀾校初見。蠻腥未洗，海谷毛本海作梅按谷疑客誤一懷悽惋。渺征槎去，乘閬風，占香上國幽心展。□遺芳原鈔遺上未空格毛本同从張仲炘校掩色，真姿凝澹，返魂騷畹。一盼千金換，又笑伴鴟夷，共歸吳苑。離煙恨水，夢杳南天秋晚。比來時、瘦肌更消，冷蘂沁骨悲鄉遠。最傷情、送客咸陽，佩結西風怨。

上海古籍出版社影印癸丑年刻《彊村丛书》本《梦窗词集》

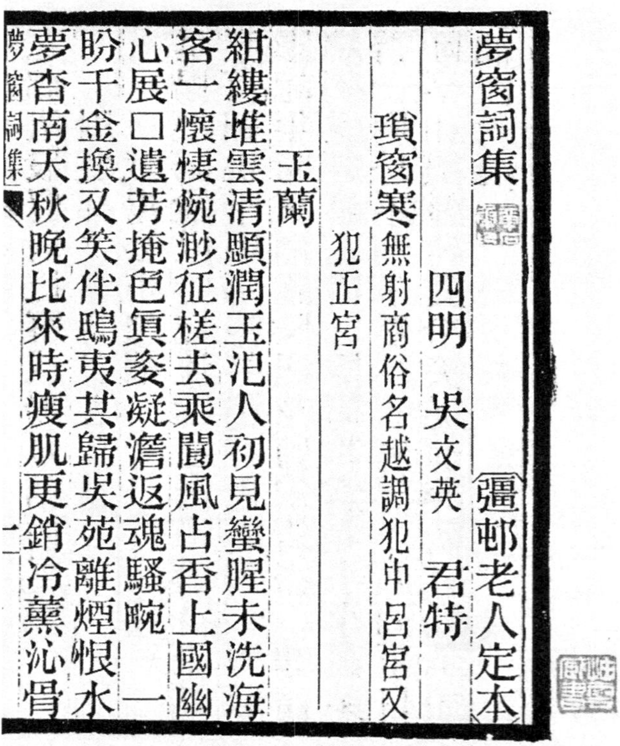

夢窗詞集　彊邨老人定本

四明　吳文英　君特

瑣窗寒　無射商俗名越調犯中呂宮又犯正宮

玉蘭

紺縷堆雲清顋潤玉氾人初見蠻腥未洗海客一懷悽惋渺征槎去乘閬風占香上國幽心展口遺芳掩色真姿凝澹返魂騷畹　一盼千金換又笑伴鴟夷共歸吳苑離煙恨水夢杳南天秋晚比來時瘦肌更銷冷薰沁骨

夢窗詞集　一

癸酉本《梦窗词集》

内容。非如此，对研究对象就不可能有全面、准确和深刻的认识。

三、方孝岳批《梦窗甲乙丙丁稿》

那么，周启晋先生手中的这部《梦窗甲乙丙丁稿》是上述各个刻本中的哪一个版本呢？这很简单，稍一比对，就可以看出，它是王鹏运校梓的甲辰再刻本。问题是甲辰再刻本除了后来的影印本之外，还有甲辰当年试印样本和民国二十三年重刷本的区别，周先生这部书到底是其中的哪一种呢？启晋先生正是希望我来谈谈对这一问题的看法。

前面已经讲过，按照缪荃孙的记载，在刊成书版之初，只刷印了两部样本，去向清楚，有案可查，启晋先生的藏本不会是其中任何一本。如果不是这样，根据目前已有的知识，就应该是民国二十三年琉璃厂来熏阁用甲辰书版重刷的本子，甚至当代新印本。

首先可以排除的是当代刷印的本子。这一点很简单，从纸张的新旧程度上就可以轻易判明。

那么，剩下来的可能，似乎就只能是来熏阁在民国二十三年重刷的印本了。这一点，通过比对，大体也可以判断清楚。譬如，在这个方氏批本的丙稿第八页反面，靠近底部边框的那一排字，字迹有明显的阙泐，而在上海古籍出版社影印的永年师藏缪荃孙所得试印样本上，则刀锋一如发硎之初，字迹略无缺损。这表明方氏批本绝非初印，似乎只能是民国二十三年琉璃厂来熏阁后刷的本子。

然而，令人感到诡异的是，周启晋先生手中的这个方氏批本，其卷首内封面的背面，看不到“民国廿三年版归北平来熏阁”这一牌记，是一面空页。这一点，也是让周启晋先生颇感困惑的地方。在我看来，现在面临的问题，就是在雕版初竣刷印那两部样本之后

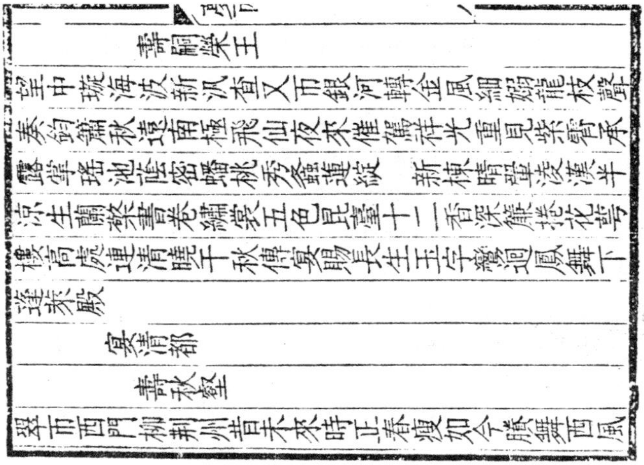

缪荃孙旧藏甲辰本试印样本《梦窗甲乙丙丁稿》

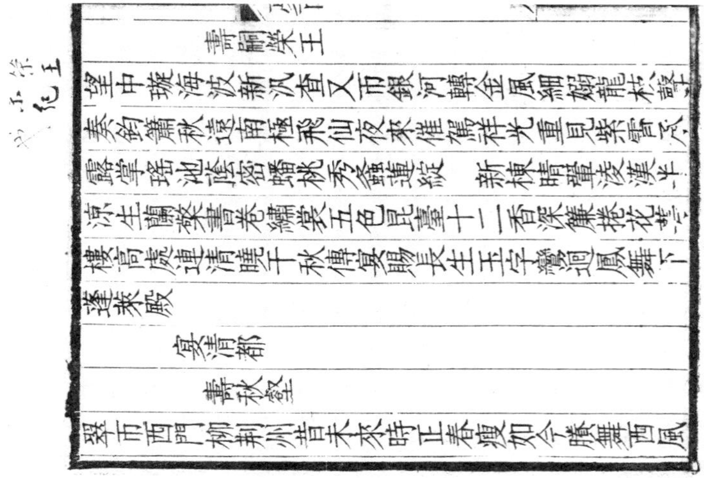

桐城方氏批本《梦窗甲乙丙丁稿》

和民国二十三年来熏阁批量重刷之前，是不是还另有印本而这部方氏批本就是其中的一部?

雕版印刷的书籍，版本往往就是这么复杂，有时一部书有一部书的特色，而岁月的推移更让一部书有一部书的故事。

现在需要向大家说明所谓“方氏批本”到底是谁人批写的书籍了。

启晋先生这部书，承自其父绍良先生，而周绍良先生是得自舒芜先生的馈赠。就籍贯而言，这两位先生虽然是安徽同乡，但绍良先生生长在京津等地，在家乡没有多少切身的经历；况且周家在至德，舒芜先生家在桐城，一个江南，一个江北，地域上还有很大的间隔。因此，我推测，两人的交谊很可能产生于20世纪50年代以来同在人民文学出版社担任古典文学编辑期间。

舒芜先生在20世纪50年代以后虽然主要是从事古典文学研究方面的工作，但大家都知道，他是作家出身，是搞文学的。干这一行的，大多都像“兰陵笑笑生”一样，不大好意思让人知道所发表的文字是自己写出来的东西，通常都是要假借一个“笔名”的。“舒芜”就是这样的笔名。其人本姓方，名管，这部《梦窗甲乙丙丁稿》上钤盖的“方管”印章，即清楚标记着昔日的主人。

尽管名声很不好听，但舒芜毕竟是个名人。古籍也是古董，而古董一沾名人的光，就身价倍增，更不用说大名人亲笔批点的古书了。所以，一听这个批本是舒芜的，很多人一定会很兴奋。不过且慢，有这枚“方管”的印记，并不等于这部《梦窗甲乙丙丁稿》就一定是他批的。做学问用不着激动，还要静下心来看看书上到底批了哪些内容。

首先，让我们来看书中在《梦芙蓉·赵昌芙蓉图梅津所藏》这阕词(《梦窗甲稿》)旁的一段批语：

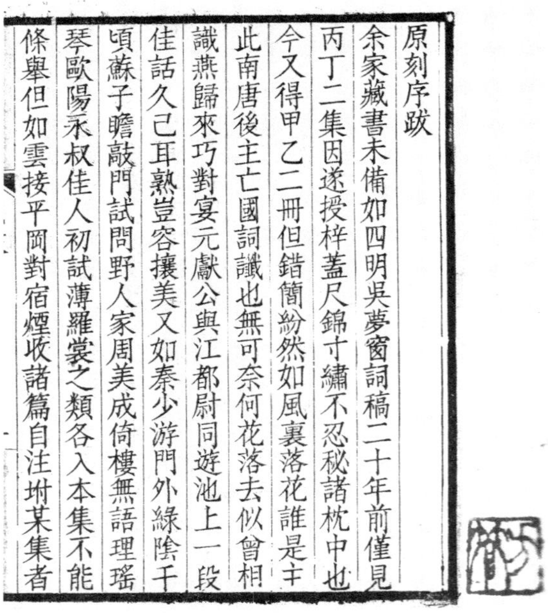

原刻序跋

余家藏書未備如四明吳夢窗詞稿二十年前僅見丙丁二集因遂授梓蓋尺錦寸繡不忍秘諸枕中也今又得甲乙二冊但錯簡紛然如風裏落花誰是主此南唐後主亡國詞讖也無可奈何花落去似曾相識燕歸來巧對宴元獻公與江都尉同遊池上一段佳話久已耳熟豈容攘美又如秦少游門外綠陰千頃蘇子瞻敲門試問野人家周美成倚樓無語理瑤琴歐陽永叔佳人初試薄羅裳之類各入本集不能條舉但如雲接平岡對宿煙收諸篇自注坿某集者

桐城方氏批本《梦窗甲乙丙丁稿》上钤盖的“方管”印章

壬申二月三十日，清明，在金陵游龙蟠里图书馆，壁悬太平花照片，黄某题曰：春兰、秋桂、冬梅，皆以香著，夏花多不香，香亦俗，独太平花不然，相传世太平则全树花。宋赵昌有太平花图，见《宣和书画谱》。

看这语气，不会是很多年后追记，应该就是壬申年二月三十日当天或三两天后的纪事。再从历法上看，与此壬申相关的年份，只有两个，一个是公元 1932 年，另一个是一甲子后的公元 1992 年，而前一个壬申年的二月三十日正值清明节（公历 4 月 5 日），后一个是在清明节后将近一个月的时间。显而易见，这段批语只能书写于 1932 年。这一年，出生于 1922 年的舒芜，年龄只有十岁，不管是批语的内容，还是老到的墨迹，都不可能出自他的笔下。

在全书的末尾，批书者抄录了一段《褒碧斋词话》的内容，最后记云：

乙丑三月壬申侵晓录《褒碧斋词话》。

与我们所讨论问题相关的乙丑年也有两个，一个是公元 1925 年，另一个是公元 1985 年，而前一个乙丑年，三月初一值丁未日，壬申为是月二十六日，后一个乙丑年的三月初一值己丑日，是月无壬申，故只能题写于 1925 年。1925 年时舒芜刚刚三岁，当然写不出这段文字。

现在，结论就很清楚了：执笔批书的人，绝不会是舒芜，而是另有他人。那么，这个人又是谁呢？这也很容易解答：是舒芜他爹，方孝岳先生。在这部书目次的后面和正文首页，都钤有方孝岳

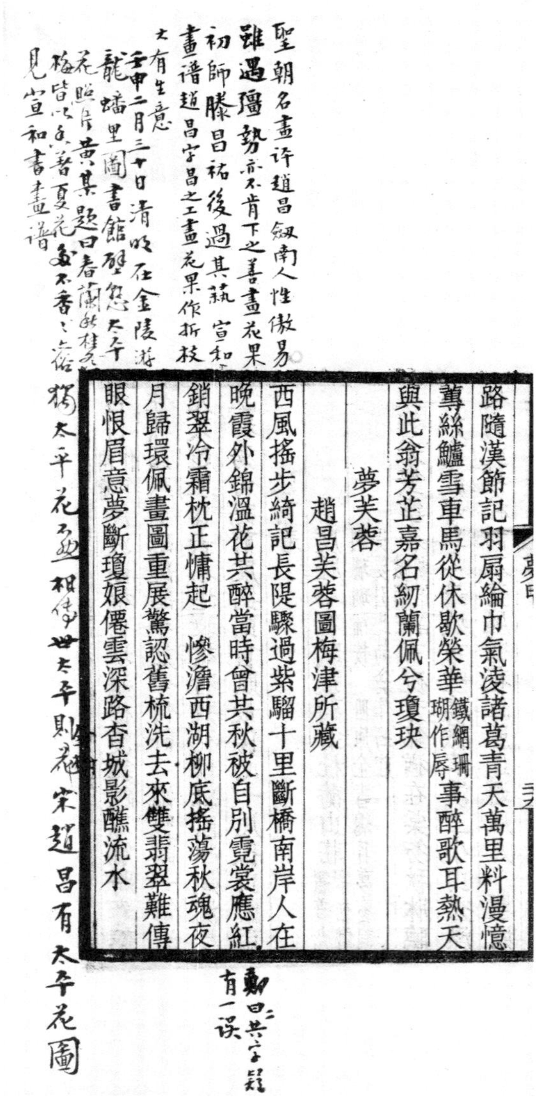
路隨漢節記羽扇綸巾氣淩諸葛青天萬里料漫憶
蓴絲鱸雪車馬從休歇榮華鐵網珊瑚作辱事醉歌耳熱天
與此翁芳芷嘉名紉蘭佩兮瓊玦
夢芙蓉
趙昌芙蓉圖梅津所藏
西風搖步綺記長隄驟過紫騮十里斷橋南岸人在
晚霞外錦溫花共醉當時曾共秋被自別霓裳應紅
銷翠冷霜枕正慵起　慘澹西湖柳底搖蕩秋魂夜
月歸環佩畫圖重展驚認舊梳洗去來雙翡翠難傳
眼恨眉意夢斷瓊娘僊雲深路杳城影醮流水

桐城方氏批本《梦窗甲乙丙丁稿》中的壬申年批语

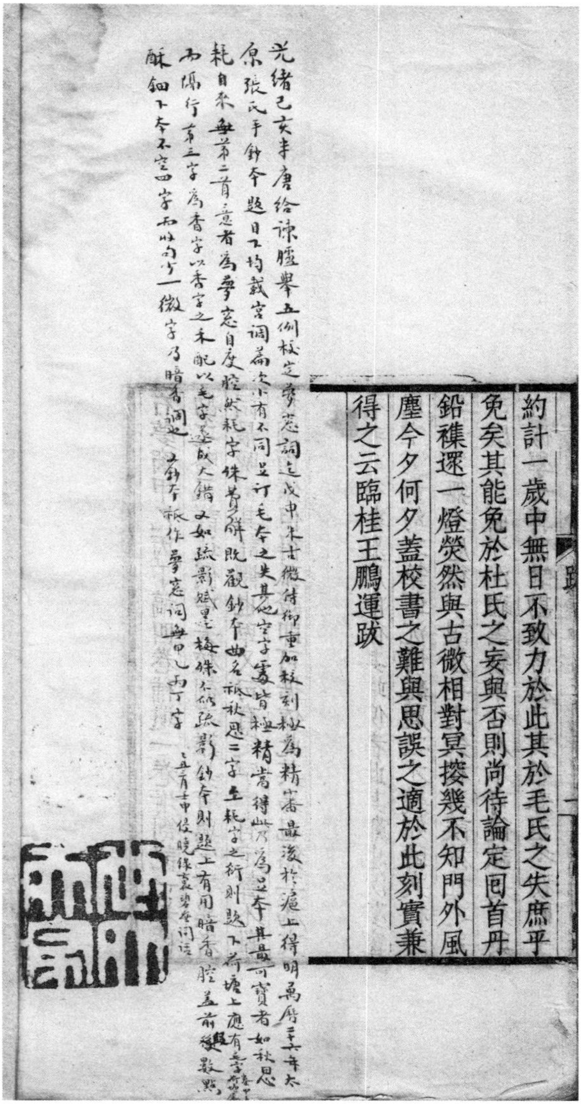
約計一歲中無日不致力於此其於毛氏之失庶乎免矣其能免於杜氏之妄與否則尚待論定回首丹鉛襍遝一燈熒然與古微相對冥搜幾不知門外風塵今夕何夕蓋校書之難與思誤之適於此刻實兼得之云臨桂王鵬運跋

桐城方氏批本《梦窗甲乙丙丁稿》卷末的乙丑年批语

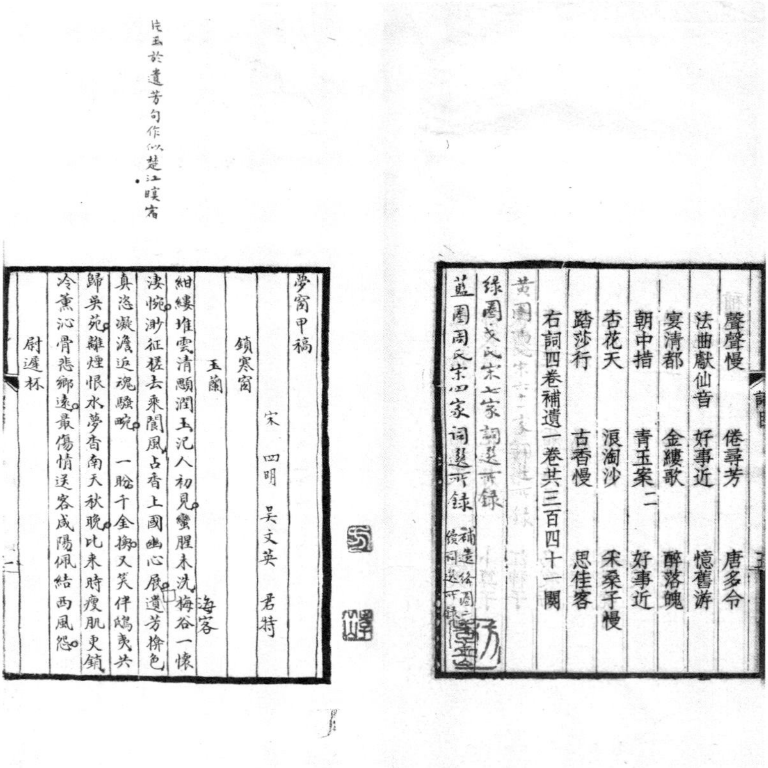

桐城方氏批本《梦窗甲乙丙丁稿》目次之末和正文首页钤盖的方孝岳印章（此本正文首页系钞配）

先生的名章，一处是“方孝岳”姓名合为一方，另一处是“方”姓和“孝岳”名分镌为两方印章。所有者一望而知，用不着再做考证。

在一般社会公众眼里乃至所谓“文化界”，方孝岳先生的名气远不如其子方管（舒芜），但在文史研究方面，却是子不逮父远甚。

方孝岳先生的学术成就，主要集中在古代文学批评和古汉语音韵两大方面。前一方面的著述，主要撰著于民国时期，以《中国文学批评》为代表；后一方面的研究，基本上开展于1949年以后，其成果，以《汉语语音史概要》为系统体现。

方孝岳先生的祖父方宗诚，系方东树的族弟，在经学、史学和古文方面都颇有造诣，总的来说，属于桐城方氏另一族系著名学者方苞传授的“桐城派”家学。方孝岳先生早年对古代文学批评的研究，就显然带有这种“家学”的痕迹。文学而批评，讲究的是义理和词章，而这些内容在1949年以后当然很容易惹祸。与此相比，考证古代的音韵，就要安全很多。看其后半生能够安安稳稳地度过一次次“运动”，就能体会这一学术转向的明智。

对词的研究和欣赏，清末民初，在一定层面上曾兴盛一时，前述王鹏运、朱祖谋辈，都是其中代表性人物。在这一风潮之下，像方孝岳先生这样深受桐城派学风熏染的学人，随之赏析揣摩，是很自然的事情。

王鹏运是开启清末民初研习词学风气的一代宗师，他在光绪三十年校刊的甲辰本《梦窗甲乙丙丁稿》，雅好此道的人自然想要一看究竟，可存世却仅有两册样本。在这种情况下，遇有合适机会，就会有人以原版刷印，以满足需求。我推想，方孝岳先生得到的这部书籍，就是这样刷印的本子。当时刷印的数量可能很少，只是满足个别人的需要，或即方氏直接请求书版所有者为之印制，亦未可知，所以事后鲜少有人知悉相关的情况。至于具体的刷印时间，大致应该在民国九年亦即 1920 年况周颐影印所藏甲辰本之先。盖况氏既已影印，就不必非花费很大力气去个别刷印不可。于是，在民国九年的五年之后，亦即 1925 年，我们就在这部书上看到了方孝岳先生批录的文字。

方孝岳先生在书中批注的内容，主要属于笺释性地引录相关记载，数量很多，也都很质实，另外还有少量文字勘正，恐怕都是给他自己作参考的。前辈阅读诗文名篇，稍用心者往往都是如此勤于动手。学问的增长，也就在这样读书翻书、查书批书的过程之中。在今天，这些批语虽不会具有太大学术研究的参考价值，但我们却可以从中领略所谓“读书问学”到底是怎么一回事儿。

四、读书人亡德则天下亡

读书可以求学，读书更能够涵养性情，增重气节。中国古代的读书之“士”，为人处世，之所以会很讲究“节操”，在相当程度上，也可以说是书卷正气充溢胸襟，使之不得不然。可是，古往今来，也颇有那么一些人，并没有在读书过程中汲取有益的养分。好一点儿的，只是给自己的脸上装点“知识”的迷彩；差一些的，则两眼发青，一味追名逐利而略不顾基本的职业操守，甚至寡廉鲜耻，背仁弃义，为进身求荣而不择手段。

众所周知，方孝岳先生的儿子舒芜，在其人生道路上就有那么一段非常非常不光彩的经历，即出卖自己的恩人胡风，牵连一大批人长期遭受深重的磨难；最“难能可鄙”的是，对自己的卑劣行径，竟能坚持至死而略无悔意。

现在看到这本钤有他印章的《梦窗甲乙丙丁稿》，不仅是他这位曾经的主人，难免让我感到厌恶。更多的不快，是我很自然地由此及彼，联想到1949年9月30日以后中国大地上那一大批与他类似的文人学者。时至今日，此类鼠辈已经在文化界、学术界遍地涌动，泛滥成灾。

现在西方社会的主流意识，是知识分子都在努力摒弃“精英”观念，努力把自己的身段放低，低到和每一个修下水道的管子工相同的位置上。在享受社会权利的层面上，这无疑是非常正确的观念和做法，但要是同时也断然抛弃了原有的社会责任，我想就未必合理了。这种责任缘于社会分工使得知识分子有更多时间和更好的条件去读书，去思索，就像在火灾发生时消防队员要冒险扑灭烈焰，海难发生时船员要照顾乘客先行撤离一样，这是一种职业的责任。

当年，巴金先生意识到灾难发生的社会根源需要深入挖掘，意识到每一个人都应当承当相应的责任，因而大声疾呼要人们对此做出反思。结果呢，我们都知道，那只是徒劳一场。巴金先生倡导的这种反思，我理解，首先就应该是知识分子的自我内省，因为他们对社会有更多的责任，对大众有强烈的影响作用。若是连知识分子都不能坦诚地直视自己内心深处的暗影、污渍和疮疤，他们在特定条件下一时做出的种种卑劣行径，就会习惯成自然，一直毫无愧色地继续做下去。苦难的历史，就仍会再现，或者说是仍将长久持续。

于是，我们看到，卑鄙者变得愈加卑鄙，曲学阿上者愈加大行于世，不仅略无羞耻之心，反而洋洋自得。利之所向，使其丧失所有的人性而返归作为一种动物的本性。这倒也还算得上是法天道而任其自然，是牲口的正常行为。

最为怪异的是，还颇有那么一些读书人，不知是精神分裂，还是巧于化身，在讲坛上，论著中，学问不好好地讲，研究不纯纯地做，公然涂抹出一副江湖侠客的扮相，开口下笔，满嘴满篇都是救世济民的大道理，整天闲扯什么士大夫的气节，甚至在世人面前频频做出与当政者不共戴天的表白，可实际行为呢？为了向上爬，为了种种不断迭加的“恩赐”，哪怕“领导大人（譬如校长之流）圣明，不过此事是否可以再考虑考虑如何如何”也绝对不会讲，半个“不”字都不会有。下贱无耻到了这么一个地步，真是令人无语。

古代士大夫为人处世，是首先从小处实实在在地做起，即所谓先修身齐家，再治国平天下，而不是像现在很多人那样空唱高调。这是因为国与天下是由一个个具体的个人构成的，每一个人先努力做好自己，尽量先让自己活得像个人样，在身边的每一件小事上多坚守一点做人的底线，国与天下自然就会变好；至少不会太过于浑浊，太过于黑暗。这当然会让你失去很多利益，领不到赏赐的“狗粮”，但死不了人，日子也不会过不下去。

从南宋中后期起，特别是元代以降，朱熹建立的理学体系，成为维护世道人心的不二法典，但天长日久之后，奉行者渐寡而徒借其说以博取功名者日增，于是才有王守仁试图以“致良知”三字来唤醒士子的良心，并呼唤人们要循从自己的良知而身体力行，努力做到“知行合一”。然而，现实却很讽刺，阳明先生换来的只是学风日益空疏化，禅语化，而士风则愈加颓落，并最终葬送了大明的江山社稷。

残酷的现实，让我们不能不追究王阳明的出发点是否存在严重的问题，不能不追究这样一个终极的问题：对于大多数文人学士来说，他们是不是真的如王阳明所期望的那样，生来就具有所谓“良知”？抑或换一种不那么令人绝望的说法：在物欲的诱惑面前，大多数读书人是不是都必然会丧失与生俱来的“良知”？

再这么想下去，就会让人窒息了。现在，还是让我们谈谈“形而下”的事情，再回到前面第一节提及的“天下兴亡，匹夫有责”的问题。前面谈到，在顾炎武论述这一命题时讲的第一层语义，是维护江山社稷的所谓“保国”，这是“肉食者谋之”的事儿，寻常百姓，无由置喙。下面不避累赘，多移录一些字句，以全面、准确地了解顾炎武的本意：

魏明帝殂，少帝〔史称齐王〕即位，改元正始，凡九年。其十年，则太傅司马懿杀大将军曹爽，而魏之大权移矣。

三国鼎立，至此垂三十年，一时名士风流盛于雒下。乃其弃经典而尚老庄，蔑礼法而崇放达，视其主之颠危若路人然，即此诸贤为之倡也。自此以后，竞相祖述。……演说老庄，王〔弼〕何〔晏〕为开晋之始〔干宝《晋纪》总论曰：“风俗淫僻，耻尚失所，学者以庄老为宗而黜六经，谈者以虚薄为辨而贱名检。行身者以放浊为通而狭节信，进仕者以苟得为贵而鄙居正，当官者以望空为高而笑勤恪〕。以至国亡于上，教沦于下。羌戎互僭，君臣屡易，非林下诸贤之咎而谁咎哉！

有亡国，有亡天下。亡国与亡天下奚辨？曰易姓改号，谓之亡国，仁义充塞而至于率兽食人，人将相食，谓之亡天下。魏晋人之清谈，何以亡天下？是孟子所谓杨墨之言至于使天下无父无君而入于禽兽者也。

昔者嵇绍之父康被杀于晋文王，至武帝革命之时，而山涛荐之入仕。绍时屏居私门，欲辞不就。涛谓之曰：为君思之久矣。天地四时，犹有消息，而况于人乎？一时传诵，以为名言，而不知其败义伤教，至于率天下而无父者也。夫绍之于晋，非其君也，忘其父而事其非君，当其未死，三十余年之间，为无父之人，亦已久矣，而荡阴之死，何足以赎其罪乎？且其入仕之初，岂知必有乘舆败绩之事而可树其忠名以盖于晚也？自正始以来而大义之不明遍于天下，如山涛者，既为邪说之魁，遂使嵇绍之贤且犯天下之不韪而不顾，夫邪正之说，不容两立。使谓绍为忠，则必谓王裒为不忠而后可也，何怪其相率臣于刘聪、石勒，观其故主青衣行酒而不以动其心者乎？是故知保天下然后知保其国，保国者，其君其臣，肉食者谋之；保天下者，匹夫之贱，与有责焉耳矣（顾炎武《日知录》卷一三“正始”条）。

看了顾炎武上述论断，自然清楚当今世人对“天下兴亡，匹夫有责”的理解，与其原意已有很大出入。近人章炳麟尝谓“余深有味其言匹夫有责之说，今人以为常谈，不悟其所重者，乃在保持道德而非政治经济之云云”，并申论其说，提出当以知耻、重厚、耿介三项内容，作为衡量一个人道德品质高下的具体指标，尤其强调“人不可以无耻”这一安身立命的基石（章炳麟《太炎文录》之《别录》卷一《革命道德说》）。换言之，在顾炎武、章炳麟一辈人看来，文人士大夫之知耻抑或无耻，乃是决定天下兴亡的根本要素。因而不管士风如何败坏，自己还是要自励自勉，笃行守节，不要让读过的圣贤书都随消化道排泄走了。

舒芜，和现在那些同他一样的学人中的“伪类”，自然属于我很不屑的无耻之徒，因而除了深深的厌恶，不会对这部书上他的名章有什么兴趣。好在这部书最终进入绍良先生的书房，因其曾陪伴绍良先生而在展读时有了很多好感。老人家为人为学，都是我心目中的楷模。我还清楚记得他在谈论堂兄周一良先生深陷“梁效”泥淖时讲的一句话：“我大哥是有想法的。”常言云“无欲则刚”。绍良先生在社会生活中没有那么多读书人本不该有的“想法”，也就不会卷到那些不该做的“无耻”事儿里去，更不必用“书生上了什么人的当”这些词句为自己开脱，所以，学问做得洒脱，人活得更是洒脱。

2017 年 8 月 8 日记

读河汾堂新印《草窗韵语》漫识

去年10月的一天，接获快递小哥送来的山西河汾堂主人新印《草窗韵语》，系精心影印民国蒋汝藻景宋覆刻《密韵楼七种》初刷蓝印本。此本另附《草窗韵语营造工料单》一纸，逐一说明其用纸用墨、书签书根、套函包角以及打孔订线等事的具体情形。在当今的中国，这样的印本，实际上已属美轮美奂，就算不看这些介绍，也开卷即知，爱不释手。

一

当今中国影印古籍，我所看到的佳本美本，多出自民间爱书人士。成本较为低廉，主要用于众多学人治学使用的洋装本，当以师顾堂主人所印制者为最佳；而可兼供把玩的线装华美印本，近年河汾堂印行诸书，自属上乘，这部《草窗韵语》就是其中之一。

河汾堂印本所依据的底本，也就是蒋汝藻《密韵楼七种》的蓝印本，现在的行市，在一百万元上下。这个价码，对中国的有钱人来说，算不上什么。这不仅是指富商大贾、贪官污吏，就是对什么

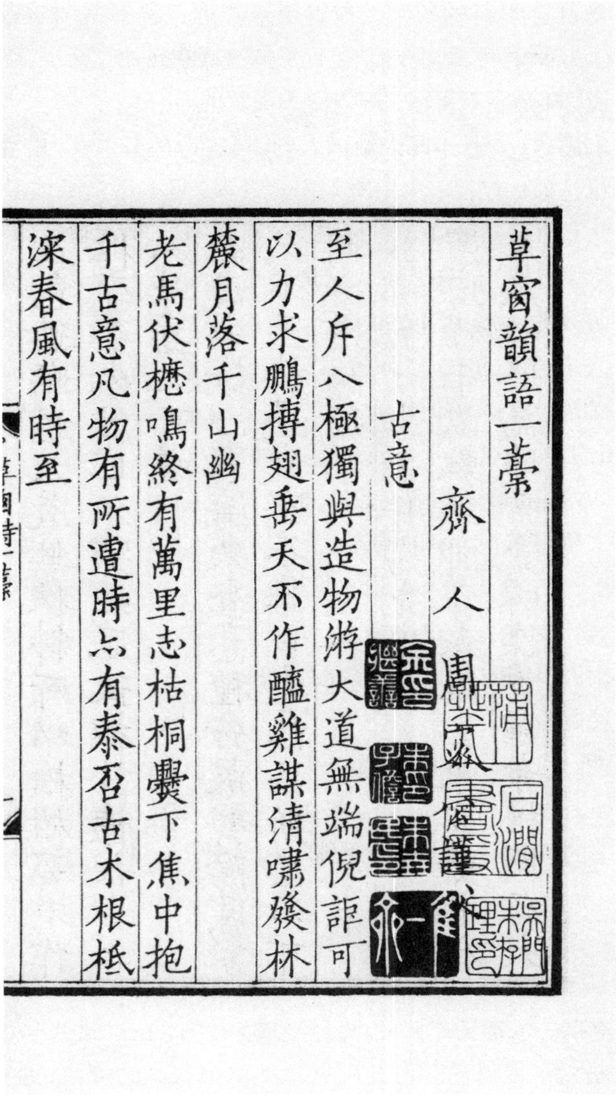

草窗韻語一藁

齊人周密公謹

古意

至人斥八極獨與造物游大道無端倪詎可以力求鵬摶翅垂天不作醯雞謀清嘯發林麓月落千山幽

老馬伏櫪鳴終有萬里志枯桐爨下焦中抱千古意凡物有所遭時亦有泰否古木根柢深春風有時至

河汾堂影印民国蒋汝藻景宋覆刻《密韵楼七种》本《草窗韵语》

经济学等社会学科的所谓教授以至很多理工科的所谓学者来说，也算不上什么。可是对于社会上大多数喜欢古书、喜欢读书的书呆子来说，却是高不可攀，可望而不可及的。

清末民初，受日本匠人给国人刻印《古逸丛书》的影响和刺激，出现一批仿效的制品，竞相覆刻宋元古本，且多用良纸佳墨，印制精美，时下的藏书爱好者尊称之为“新善本”，乌程蒋家印行的这套《密韵楼七种》亦在其中。这是套丛书，其全称是《密韵楼景宋本七种》，不过还有更简省的称呼，为《蒋氏七种》。所刻的七种书，包括宋人朱长文的《吴郡图经续记》、曹植的《曹子建文集》、李贺的《歌诗编》、宋人吴伯仁的《雪岩吟草甲卷忘机集》、宋人郭祥正的《青山集》、唐代窦常等兄弟五人酬唱的《窦氏联珠集》，还有这部周密的诗集《草窗韵语》。

这书刻得虽精，印得虽美，当年刚印出来的时候，市面上的价格，倒也平常。这当然不是说它价格便宜，刻工印工都摆在那儿呢，总是便宜不了的。不过不便宜，不等于就很昂贵，在这二者之间，还是有很大空间的。

随便翻检我手头的一本《修绠堂书目》——民国二十六年印行的第五期。这是一家北平的旧书店，而北平的书价，在全国是偏高的（比如，通常会明显高于上海）。这本书目载录当时一部《密韵楼七种》的价格，是“宣纸十六册，洋六十元”，即平均一册不到四元钱。

做一个比较，大家就能够明白它的价位了：清代也还算是像模象样的学者郝懿行，他的著述大全集《郝氏遗书》竹纸八十一册，包括著名的《尔雅义疏》《山海经笺疏》在内，在这同一本书目上，标价也是六十元而已。由此可见这类覆宋刻本的价格，是要高出普通刻本很多的。

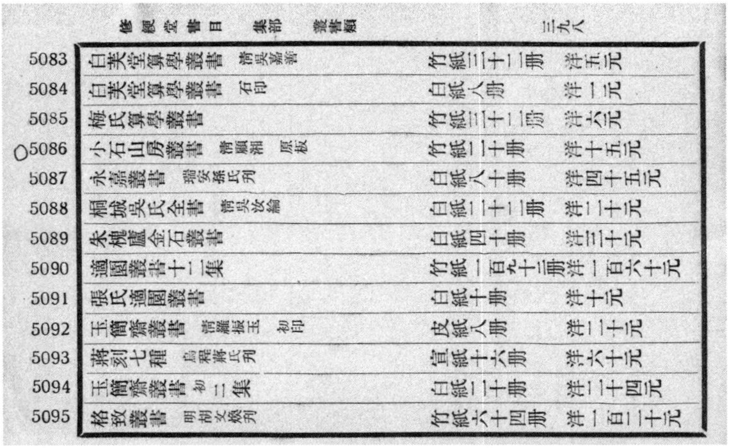

修綆堂書目　集部　叢書類　三九八

5083	白芙堂算學叢書　清吳嘉善	竹紙二十一冊	洋五元
5084	白芙堂算學叢書　石印	白紙八冊	洋一元
5085	梅氏算學叢書	竹紙二十一冊	洋六元
○5086	小石山房叢書　清顧湘　原板	竹紙二十冊	洋十五元
5087	永嘉叢書　瑞安孫氏刊	白紙八十冊	洋四十五元
5088	桐城吳氏全書　清吳汝綸	白紙二十一冊	洋二十元
5089	朱槐廬金石叢書	白紙四十冊	洋三十元
5090	適園叢書十二集	竹紙一百九十二冊	洋一百六十元
5091	張氏適園叢書	白紙十冊	洋十元
5092	玉簡齋叢書　清羅振玉　初印	皮紙八冊	洋二十元
5093	蔣刻七種　烏程蔣氏刊	宣紙十六冊	洋六十元
5094	玉簡齋叢書　初二集	白紙二十冊	洋二十四元
5095	格致叢書　明胡文煥刊	竹紙六十四冊	洋一百二十元

民国二十六年印行《修绠堂书目》第五期

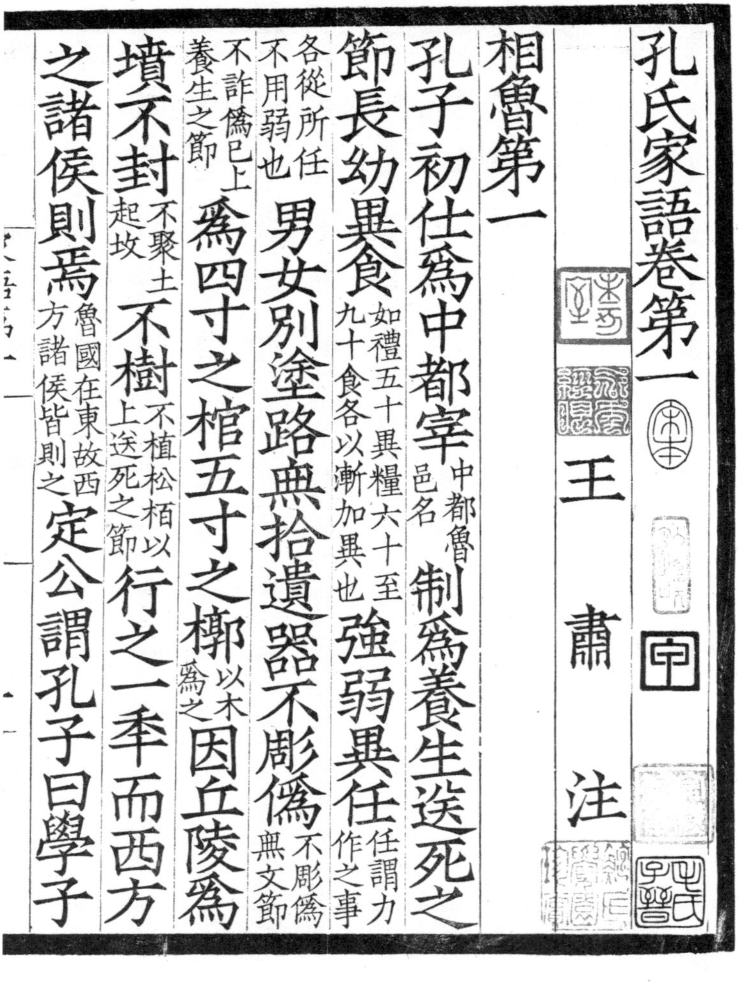
孔氏家語卷第一
王肅　注
相魯第一
孔子初仕爲中都宰中都魯邑名制爲養生送死之
節長幼異食如禮五十異糧六十至九十食各以漸加異也強弱異任任謂力作之事
各從所任不用弱也男女別塗路無拾遺器不彫僞不彫僞無文節
不許僞已上養生之節爲四寸之棺五寸之槨以木爲之因丘陵爲
墳不封不聚土起坟不樹不植松栢以上送死之節行之一季而西方
之諸侯則焉魯國在東故西方諸侯皆則之定公謂孔子曰學子

清光绪年间刘世珩玉海堂景宋蜀刻本《孔子家语》

再和同一时期、同一性质的覆宋美本相比：刘世珩刊刻景宋蜀刻本《孔子家语》，开本比《密韵楼七种》还要阔大一些，白纸四册卖十二元，平均每册三元，比蒋氏的《密韵楼七种》稍低一点儿，但也大致相当。这说明蒋汝藻覆刻的这些宋版书，和同一时期刊刻的同一性质书籍，售价比较接近，不大被另眼看待，并不特别“奢华”。

到20世纪90年代，我来到北京，开始买一些古刻旧本的时候，其价格也还一般；甚至像我这样的古书市场上的“低端人口”，要是真的碰上了，勒勒裤腰带，也能买得起。

空口无凭，有书为证。下面出示的这个《雪岩吟草甲卷忘机集》，就是20世纪90年代中期以前，我刚刚开始买古刻旧本不久，在海淀中国书店买到的。篇幅虽然少一些，正文不到三十页，可是书品宽大，一册只要五十元。

当时，书店桌上一块儿摆出了十几本，都是初刷的蓝印本。由于常去闲逛，我见到的比较早。于是，仔细挑了两册品相好的，一册自己留着看，另一册送给了我的哥哥。全套的《密韵楼七种》虽然没有在书店的架子上看到过，但《七种》中的《窦氏联珠集》零种，也见到过两次，价格和这部《雪岩吟草甲卷忘机集》差不多。翻了翻，不太喜欢，就没有买。

蒋汝藻刊刻的《密韵楼七种》，特别是其中的《草窗韵语》蓝印本，在市面上卖出超过同时期影宋刻本很多的惊人价格，大致是在“跨世纪”前后才出现的事情。回首当年自己以五十元一册的价格买下蓝印本《雪岩吟草甲卷忘机集》的情形，真是恍若隔世。

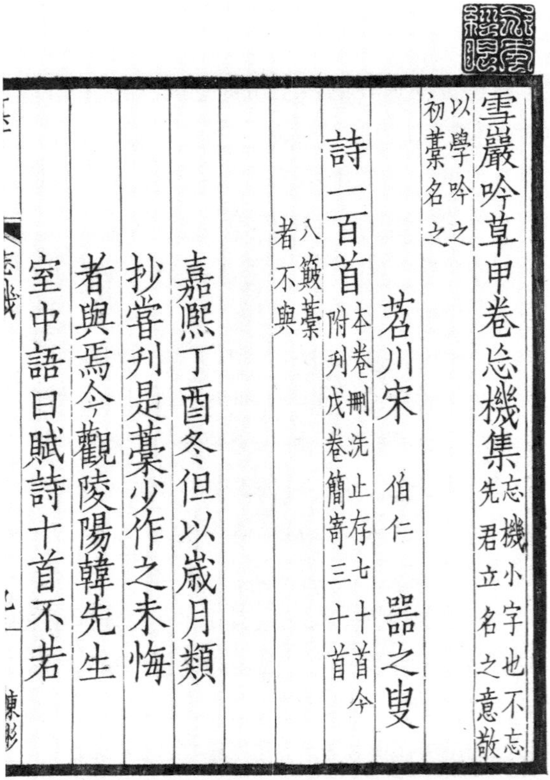

雪巖吟草甲卷忘機集忘機小字也不忘先君立名之意敬以學吟之初稾名之

苕川宋　伯仁　器之叟

詩一百首本卷刪洗止存七十首今附刋戊卷簡寄三十首八籔稾者不與

嘉熙丁酉冬但以歲月類

抄嘗刋是稾少作之未悔

者與焉今觀陵陽韓先生

室中語曰賦詩十首不若

民国蒋汝藻景宋覆刻《密韵楼七种》本《雪岩吟草甲卷忘机集》

二

河汾堂主人这次之所以会特别看重《密韵楼七种》中的《草窗韵语》，或曰《密韵楼七种》中刊刻的《草窗韵语》在时下为什么如此深受古旧书爱好者的追捧，主要是基于《草窗韵语》宋刻原本雕版技艺的独特性和精美性。因为清末民初所谓“新善本”，“善”就“善”在覆刻工艺之精湛可以让印出的书籍与其所依据的宋元古本高度相似，而由于新刻初印，其刀锋之爽利，字迹之鲜明，又往往胜过大多数传世宋元古刻旧本，着实赏心悦目。明白了这一点，也就很容易理解，版刻嘉善异常的宋本《草窗韵语》，经过蒋氏精心覆刻之后，自然会备受当代藏书家欢迎。

至于《草窗韵语》的宋刻原版较诸天水一朝其他版刻的嘉善程度，我们从蒋汝藻不惜重金购入此书并且缘此而将其藏书楼改题为“密韵楼”这一点上就能够明白个大概。

当初蒋汝藻在购得此书宋刻原版本之后，在民国丁巳（1917年）四月，尝出以示客，让一班趣味相投的文人雅士共同观赏。叶昌炽在日记中记述当时场景云：

> 又出周公谨《草窗韵语》两册，孟蘋（案蒋汝藻字孟蘋）以千五百元得之，可谓高价，亦可谓尤物。纸墨鲜明，刻画奇秀，出匣如奇花四照，一座尽惊，子培（案沈曾植字子培）称之为“妖书”。卷首有己丑仲秋朔曹溪禅民弘道题“□□（居然）法物”四大字，末又有同时题记［己丑八月朔］，称“髭行者”，当是一缁流，在明中叶。藏印累累。“石磵书屋（隐）”，元人俞玉吾印；又有“张雯”“子昭”两印。明有都穆、元（玄）敬、朱承爵、存（子？）僊、朱存理，朱尧民、华夏诸印。摩挲久之，

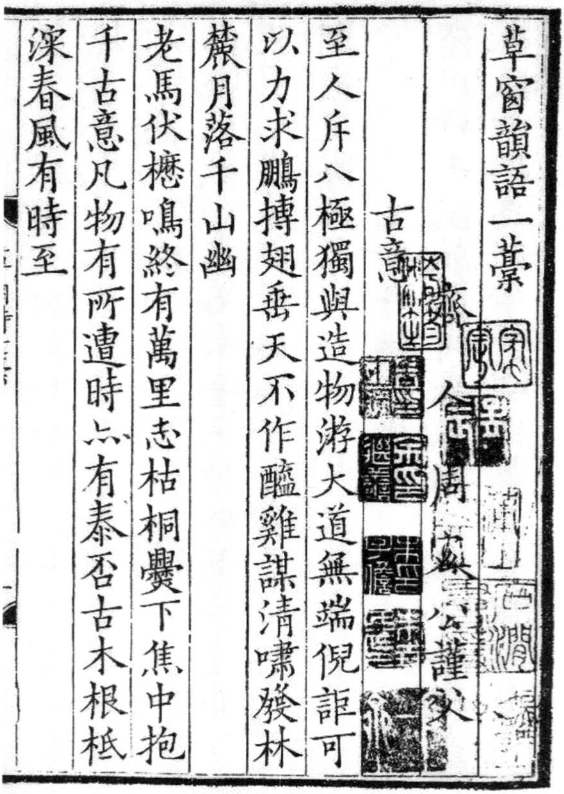
草窗韻語一藁

古意

周密公謹父

至人斥八極獨與造物游大道無端倪詎可以力求鵬搏翅垂天不作醯雞謀清嘯發林麓月落千山幽

老馬伏櫪鳴終有萬里志枯桐爨下焦中抱千古意凡物有所遭時亦有泰否古木根柢深春風有時至

民国影印南宋末周密原刻本《草窗韵语》

触手古香，令人心醉，不独世无著录，为希有奇珍也。（叶昌炽《缘督庐日记抄》卷一六丁巳四月十五日）

今赏玩古刻旧籍者每称此书为“妖书”或“尤物”，即渊源于此。

那么，与同一时期其他大多数刻本相比，宋刻原本《草窗韵语》又都具有哪些独特之处或是精美之处呢？决定一本古书外在的特征的要素，主要有如下三个方面：字体、版式和纸张。当然在往外延伸，还有刷印早晚、墨色明暗乃至香臭、书品大小（指边框外留白大小）等，但这些要素都更简单，往往也更容易变动，缺乏足够的确定性，因而在人们评判一部古书版刻优劣的时候，通常处于相对比较次要的地位。

首先让我们来看字体。

宋代版刻字体的主流风格，是浙本系统的欧体字。欧体字端谨方正，其视觉效果，本来很适于印制书籍，同时也很美观。然而印刷业是一种产业，而且是大批量生产的产业，这种产业性质决定了其所雕镌的字体必然要呈现程式化的特点，这样才能提高生产效率并广泛普及。因此，宋代浙本系统程式化的欧体字，自然免不了会带有呆板僵硬的观感。

不管是沈曾植称《草窗韵语》为“妖书”，还是叶昌炽称此书为“尤物”，实际上主要都是就其字体特征之不同寻常而言。

傅增湘先生曾推测说，宋刻《草窗韵语》“全书当是以周密手书上版者”，同时评议说，其书“雕工精美，笔意俱存……极可宝重”（傅熹年《藏园订补郘亭知见传本书目》卷一三下），近人朱孝臧也有同样的推断（见河汾堂影印《密韵楼七种》本《草窗韵语》卷末附朱氏语），即这个刻本付梓过程中的第一道工序——“写样”，并没有交付给刻书铺子里的职业书手，而是由周密本人执笔上版。

周密亲自动手，操此贱役，当然是想要变格求美，祛除世间通行刻本的匠气。

在南宋时期，同样试图通过文人学士的个性化字体以变格求美的私家刻本，还有廖莹中世彩堂在度宗咸淳年间合刻的《昌黎先生集》和《河东先生集》，以及淮东仓司在宁宗嘉定六年刊刻的施元之、顾禧注《注东坡先生诗》等，这显示出周密以这种特别的形式来刊刻自己的词集，算不上是一种特别标新立异的做法，而是一种具有一定普遍性的时代风尚。从这一角度来看待《草窗韵语》这个刻本，才能更为准确地认识和把握其版刻史价值。

这部周密手书上版的《草窗韵语》，与世彩堂合刻韩、柳集，以及淮东仓司刊刻的《注东坡先生诗》，虽然与普通匠人书写上版的浙本书在字体上有一定区别，但即使是“刻划奇秀”，即使观赏者视之以为“如奇花四照”，这几部书的字体与宋浙本通行的欧体字，毕竟没有本质性差异，只是字型更显秀丽而已。周密自己曾讲述说，他“学柳不成，学欧又不成”（周密《癸辛杂识》前集“笔墨”条），这也说明欧体字本是周氏习字最终想要取法的字体。《草窗韵语》刻书用字的实际风格，似更近于欧阳询子欧阳通所书《道因法师碑》，朱孝臧即称其“书法仿《道因碑》”（见河汾堂影印《密韵楼七种》本《草窗韵语》卷末附朱氏语）。而欧阳通的书法本以“尽得家风”著称，史称“书家论通，比询书失于瘦怯”，父子之间，技法相承，只是点画之间略有出入而已（宋董卣《广川书跋》卷七“欧阳通别帖”条）。

这一点，是我们在评判《草窗韵语》的版刻性质时应当予以充分注意的。不能只看到它与寻常浙刻本的差别而看不到二者之间的共同之处，看不到二者之“同”本大于“异”。这意味着对于操刀镌版的刻工来说，刻字的难度虽会增大，但运作刻刀的基本手法，

唐欧阳通《道因法师碑》拓本

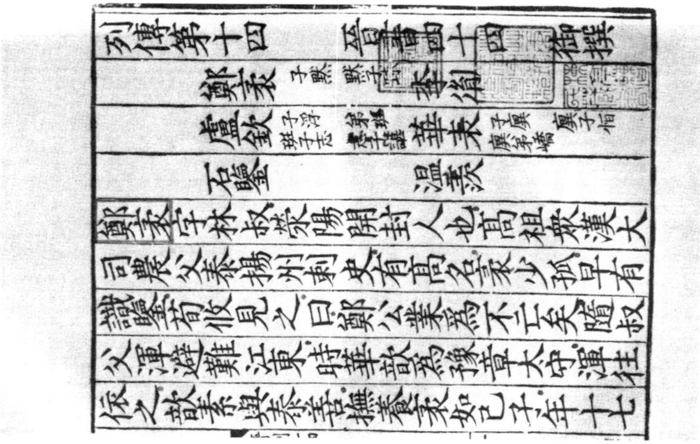

南宋嘉泰四年至开禧元年秋浦郡斋刻本《晋书》
（此本字体与南宋国子监本的欧体字即略有区别）

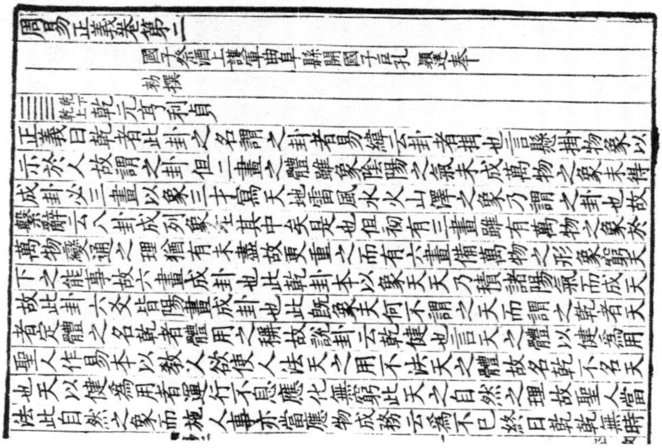

体现典型宋浙本欧体字的南宋国子监刻本《周易正义》

还不需要做重大改变。实际上，若是放开眼界来多加对比的话，就可以看出，像《草窗韵语》这几种书籍与典型宋浙本之间在刻书字体形式上呈现的此等程度的差别，在宋浙本内部是普遍存在的，这样也就更不宜过分夸大《草窗韵语》等书与普通浙刻本在字体上的差别。

接下来我们再来看《草窗韵语》的版式。

如上所述，周密刊刻《草窗韵语》而亲笔书写上版，是为了变格求美。同样是为变格求美，这部宋刻本《草窗韵语》，同世彩堂合刻韩、柳集以及淮东仓司刻本《注东坡先生诗》一样，在版式上也采用了一些普通浙刻本所没有的形式。从南宋版刻地理的具体情况来看，究其实质，《草窗韵语》与世彩堂合刻韩、柳集以及淮东仓司刻本《注东坡先生诗》在版式上最为显著的共同特征，是在浙本通行版式的基础上，吸收了建本的一些创制，譬如这几部书共有的四周双边和双鱼尾，与典型浙本的左右双边和单鱼尾明显不同，就显然是取法于南宋中期以后的建本。建阳书坊刻书，其文字内容，固然大多不甚谨严，甚至多有荒唐之处，但在版面形式上求新求美，却是建树良多，因而周密刊刻《草窗韵语》时取法于建本，就是自然而然的事情了。

至于印书用纸，由于原书早已佚失不传，今已无从考究。若仅就叶昌炽“纸墨鲜明”这一描述而言，印制这部《草窗韵语》所使用的纸张，似乎也没有什么太独特地方。古书良纸初印，大多都是如此。

从版刻史的角度来评价，宋刻原本《草窗韵语》的情况就是这样。这当然与鉴赏家的眼光不尽相同。不过“妖书”也好，“尤物”也罢，对这样的赞叹，我是不以为然的。在我看来，这样的语句，充分表曝了旧式文人出自雄性动物本能的轻薄心态，往往还有些酸腐。

三

不过提出这样的看法，也许是我太过矫情，太过多事。过去念书受教育的女性很少，现在女性不仅和男性一样读书，而且比男性读得还好，因而利用和欣赏古刻旧本的女性也不一定会比男性要少。这些人同样会有雌性动物的本能，说不定在她们看来，“妖书”和“尤物”这些词汇的涵义，和“小狼儿狗”什么的差不多。过去主要是男人玩儿，现在男女都来玩儿，谁玩儿谁还不知道呢，也就不必过分拘泥中国传统社会形成的男性优势姿态。

玩儿人当然不好，玩儿书，却自古以来就是一件高洁的雅事，现在看起来也算不上堕落。像《草窗韵语》这样的好书，宋刻原本自不必说，就是《密韵楼七种》的覆刻本，也是谁见了都喜欢，大多数读书人都想放在手边把玩，问题只是你有没有能力把它收揽到床头案边。退而求其次，就是弄到一部制作考究的影印本，而河汾堂主人这次印行的《草窗韵语》，就是这样一部书籍——对于很多普普通通的爱书人来说，大致可以达到与蒋氏刻本差相仿佛的效果，即不过稍下于真品一等而已。

制作精美的书籍，其本身是一种工艺品，所谓“赏玩儿”，就是欣赏其精美的工艺特性。泡上一杯清茶（也可以是香气浓郁的咖啡），或是斟上一杯清酒（或是红酒、黄酒），摩挲展阅，拿这本《草窗韵语》当画看，当帖读，都自有一种美感，沁人心脾。这是一种只可与知者道，不可与不知者言的乐子。你要是个爱书的傻瓜，那么，你懂的。

记得还是在 20 世纪 90 年代前期，大藏书家田涛先生召集并主持过一个京城藏书爱好者的会谈，我也忝列末席。这次会谈，准备筹组一个藏书组织，结果还形成了一份文件，主旨不过呼吁社会重视藏书，强调收藏书籍的种种高尚社会价值。我觉得有点儿太高大上了，忍不住在会上放了个横炮，觉得赏玩不丢人，不必刻意回避，应该骨子里想玩儿就喊出来。

赏玩古籍，品味不算很高，但也与读书、用书互不相妨。在我看来，读书求知，读书做学问，本来都是人生的重大享受，是个很受用的乐子。

读古书之乐，乐就乐在你可以通过阅读古书，直接了解到方方面面灵动鲜活的历史实况，而不仅仅是本朝“通史式”教科书灌输给你的一个个空洞干瘪的概念。

从这一意义上讲，历代版刻的工艺特性，就像青铜器、瓷器等古代制品一样，都是古代文化的重要组成部分，因而赏玩古代典籍的版刻之美，本身就是在体察历史，认知历史，是读书求知的重要内容，并不仅仅是赏心悦目而已。即使不甚关注版刻形式背后的历史蕴涵，只是欣赏它的美，体味它的美，同样有助于一个人提升自己的修养，陶冶自己的性情。

《草窗韵语》是一部诗集，读这部书，看它的内容，当然首先是欣赏其诗情诗意。这也是大多数人在大多数情况下，对周密此书的一般性读法。就其实质性意义而言，也可以说是对书籍内容的一种赏玩。读者从中获取的收益，与对版刻形式的欣赏，并没有根本性区别。以优美的版刻来体现优美的诗篇，二美相并，读之自然愈加心旷神怡。

四

周密在一阕《齐天乐》词中尝有句云：“花自多情，看花人自老。”（周密《蘋洲渔笛谱》卷二）我就是不老，也没有一点儿诗心诗兴，可谓完全不解风情。做学问做久了，看诗，也和看其他所有史料一样，会不知不觉地联想到一些相关的史事。闲来翻看这部《草窗韵语》，也有一些这样的联想。

古人诗篇除了直接载述史事之外，咏史诗往往与过往的历史关系最为密切，这主要是对前代史事的评议。

两汉以后人读史，最重《汉书》，咏史诗中也多以西汉史事作为吟咏的对象。在北宋中期王安石改革科举之后，这种吟咏西汉史事的篇什，往往与科举考试中论史的策论互为表里，因而也就愈加盛行。在这一大背景下，我们看《草窗韵语》中也有不止一首歌咏西京旧事的诗篇。

歌咏西汉史事，汉武帝当然是重要的角色。《草窗韵语》二稿中的《古塞下曲》一首，即有诗句述云：

> 武皇但喜奏捷频，岂知白骨高如城。
> 边城百战胜常少，一胜惟著将军名。
> 将军成名战士死，去年战士今无几。
> 血染黄沙草不青，万里阴云哭胡鬼。
> 塞下曲，不忍闻，何人为我达汉君。
> 武功本是辅文具，愿君偃武而修文。

周密生当南宋后期，赵家半壁江山，也已经风雨飘摇，但他依然表达出鲜明的反战立场，表达出对民众生命的深切珍惜，对那些好战喜功的君王和将军们的挞伐，这一点足以引发我们对战争与和平的深层思考。

战争从来就不像演电影那样激动人心。死者已矣，生者往往还要经受更持久的劫难。普通民众遭受的戕害，除了如城的白骨，还有沉重的经济负担。汉武帝四方征伐，师行三十年，把所谓“文景之治”时期好不容易积攒下来的财富，折腾殆尽。于是，便变本加厉地搜刮民脂民膏，临死又安排一班忠心的奴才，继续实施他的暴政。北宋的好人司马光，为了劝诫当朝和后世的帝王，不要再这样施虐于民，曾在《资治通鉴》中苦心建构出一个晚年幡然悔过的汉武帝，但这只是出自他善良的期望，过去既不曾真实存在，后来也没有哪个暴君从中有所领悟。尽管现在还有很多人充满司马光式的幻想，但暴君就是暴君，绝不会有什么突变，这是中外历史早已证明了的普遍规律。

正因为这样，后世大部分儒家知识分子，包括身居庙堂的大臣，对汉武帝穷兵黩武，开疆拓土，一直都是予以严厉的抨击。在这样的大背景下，我们才能更好地理解周密何以会写出上面这样一些诗句，才能更好地珍惜现在的和平生活，切勿一言不合就跟谁都想舞枪弄棒。

兴兵出师的时候，当政者眼前总是一派奏捷凯旋的喜庆场面，可是，岂不知古人早有语云“夫兵犹火也，弗戢将自焚也”。对外开战，更不像镇压手无寸铁的老百姓那么简单。汉武帝虽没有即时自焚身死，但也曾遭遇无数败绩；而在周密眼前，本朝的赵家皇帝，却着实是引火烧身，不仅把自己的性命搭了进去，还捎带着葬送了大宋朝半壁江山。

《草窗韵语》三稿中有一首《读靖康杂书有感》，便是就此发出的感慨：

误国狂奸亦可悲，国危身亦陷危机。
燕山复地功何有，海上寻盟事已非。
太宰忍乘黄屋诳，都人空望翠华归。

水鷺啼遠樹斜陽
踏踏曳東郭履行行誦北山移閑望白雲心
遠細尋芳草歸遲
讀靖康雜書有感
誤國狂姧亦可悲國危身亦蹈危機燕山復
地功何有海上尋盟事已非太宰忍乘黃屋
誑都人空望翠華歸東都節義惟劉李頸血
猶能濺帝衣
掃松山中愴然霜露之感

河汾堂影印民国蒋汝藻景宋覆刻《密韵楼七种》本《草窗韵语》

东都节义惟刘李，颈血犹能溅帝衣。

诗中针对的史事，是北宋宣和年间徽宗赵佶好大喜功，愚蠢地联合女真灭掉契丹的事情。结果是引狼入室，女真铁骑横扫中原，一举捉获徽、钦二宗父子两代皇帝，宋室不得不退避江南。

这是一个可笑而又可怜的故事。前四句讲童贯怂恿徽宗与金人缔结海上之盟，试图收复白沟以北后晋以来失地之事。此举不仅劳而无功，反而被金人乘机袭取中原，是一件糗得不能再糗的糗事，主谋其事的奸臣童贯最终也在靖康元年被枭首示众。宋徽宗见金兵来势凶猛，不得不仓皇"内禅"帝位于太子赵桓，遂于靖康元年初，带领太保蔡攸等人伪称"烧香"，南逃亳州。"太宰忍乘黄屋诳，都人空望翠华归"，系指太宰张邦昌受金人胁迫即位为"大楚"皇帝事，待金兵一撤，张氏便退身殿下而恳请康王赵构早正大位，而"黄屋诳"云者，乃是借用汉时旧典以喻张邦昌的举措。盖楚汉战争时汉王刘邦被楚军围困于荥阳城中，形势危急，手下将领纪信自愿献身，"乘黄屋车，傅左纛"以伪充汉王，诳骗楚军，令刘邦得以借机逃脱(《史记·项羽本纪》。附案：我对这一诗句的解读，原稿本有差误，在微信公众号上发布后承蒙读者指教，始得确解，谨致谢忱)。末句"东都节义惟刘李，颈血犹能溅帝衣"，是讲两个在靖康之变中为宋室死节的忠臣刘韐与李若水，两人都入了《宋史·忠义传》，事迹很容易检得。

所谓"燕山复地功何有，海上寻盟事已非"，对宋徽宗没事儿找事儿，结果自寻死路的做法，从根本上做出了否定。宋、辽两国之间，自澶渊之盟以来一百多年间，本来一直相安无事，宋徽宗恣意毁坏这一和平局面，即使侥幸得胜，带给广大普通百姓的也只能是沉重的经济负担和无数生灵惨遭涂炭。可悲的是，赵家人自己也吞下了一颗很苦的苦果。后之视今，亦犹今之视昔。读周密此诗，思赵宋往事，人们或许能够有所感悟。

清亮亮一部诗集，配着佳茗醇酒来读，本来应该是一件赏心乐事，叫我讲得冷飕飕的，未免大煞风景。不过周密本人在《草窗韵语》六稿中的《藏书示儿》诗中谈读书问学的根本宗旨时就曾讲过："学问之所尊，尊在道与义。苟为不能然，虽多亦奚谓。道之充诸身，如人有元气。气以实而刚，气以弱而踬。浩然在存养，不可以力致。文辞乃枝叶，界限在义利。油然悟真筌，于此得良贵。"引这几句诗，算是给自己做个辩解。不过现在还是来讲一件好玩儿些的事儿。

《草窗韵语》的篇末，附有周密友人李彭老、李莱老兄弟二人各自题写的一首七言绝句。内容无非捧场叫好，殊不足观，不过这两个人的名字，却有"文章"可做。

拙作《那些书和那些人》，其中收有《旧梦已非孟元老》和《同老名号考》两篇文章，针对李致忠等人视"元老"为怪异的说法，指出宋人名字喜用"老"字，不过犹如唐代以前的"千秋""万岁"，是一种祈愿长生久视的嘉名而已，不值得大惊小怪。

现在我们来看李彭老字商隐，李莱老字周隐，即可知这两个名字都寄寓有长寿的语义。盖"彭"指彭祖，是中国古代著名的长寿仙人，自神尧之世而讫至商末仍健在人世，"少好恬静，不恤世务，不营名誉，不饰车服，唯以养生治身为事。殷王闻之，拜为大夫。常称疾闲居，不与政事"，后隐去"不知所在"（晋葛洪《神仙传》卷二《彭祖》）。"商隐"者，即谓如彭祖之隐身于商世。"莱老"的"莱"字，是指老莱子，乃东周时期的隐者，也是一位著名的长寿仙人，故李莱老以"周隐"为字。不管"商隐"，还是"周隐"，其意皆重在隐而成仙，故透过李彭老和李莱老的名字，可以再一次印证拙说，

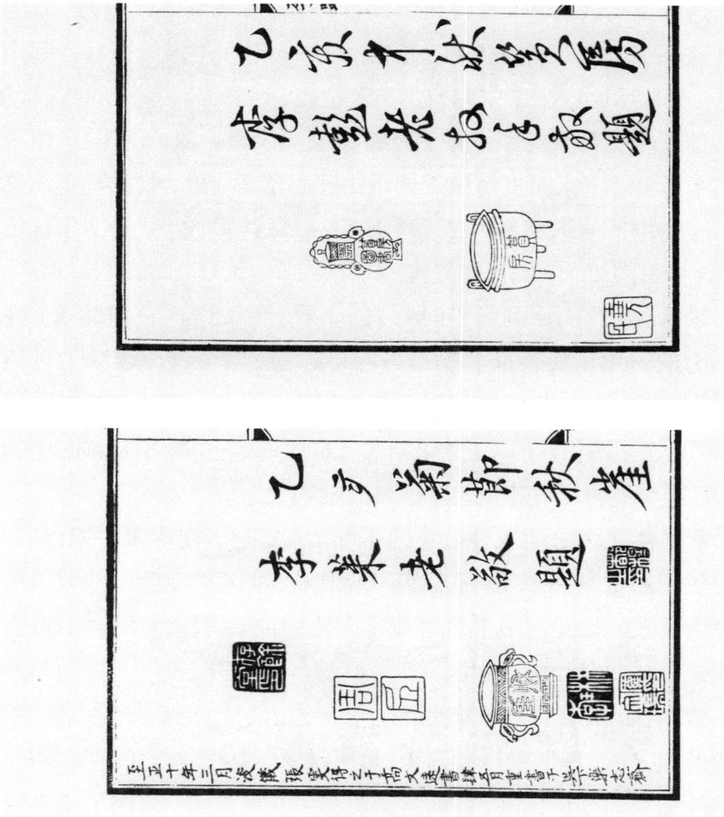

《草窗韵语》篇末李彭老、李莱老题诗

即宋人普遍以“老”为名，意在延年益寿，所谓“孟元老”者，不过众多此等俗名之一。这种名字俗是俗，但再俗也是人家爹妈给的，后人是不能由着性子乱改的。

这样读名人韵句，虽说很煞风景，但陈寅恪笺证元白诗，其实也是这么个读法。就拿这部《草窗韵语》来说，王国维也这样利用过它。当年斥巨资买下宋刻原本的蒋汝藻，曾抄录一稿中的《琵琶》一诗给王氏，而静安先生显然是要拿它做文章。在国家图书馆古籍馆编印的《国家图书馆藏王国维往还书信集》里，收载有蒋汝藻写给王国维的这通信札，兹附列于下，以见其实，也见识一下这位覆刻《草窗韵语》的先贤的墨迹。

最后，让我们回到版本问题上来，看看宋刻本《草窗韵语》在版刻上的一项重要特征。在本书卷尾附镌的李彭老、李莱老题诗之末，分别以鼎、壶、簋这些铜器的图形为图案，雕刻有彭老自号“篔房”“篔房图书”，以及莱老自号“秋厓”。这虽然不是刻书的牌记，但却与书坊刻书牌记的发展具有密切关系。

黄永年先生总结现存宋本的实际情况，指出在南宋中期以后，福建建阳书坊刻书多用牌记，但至元代，建阳书坊的牌记，变得形式更为繁多（黄永年《古籍版本学》）。诸如钟鼎等铜器图形的牌记，似在蒙古时期及元代始渐流行。

然而，我们若是对比宋刻本《草窗韵语》篇末所镌李彭老、李莱老的鼎、壶、簋形雅号和标记，便不难发现，二者之间存在明显的承续关系。如前所述，《草窗韵语》为变格求美，采用了很多宋浙本所未有的版刻形式，其中亦不乏借鉴于建阳坊刻者。不过文化的发展，总是交互融合的。《草窗韵语》采用的古铜器图案，虽然不是刻书牌记，但在视觉效果上，却与牌记多有相通之处，元代建阳书坊，采用同样的方式来镌梓刻书牌记，显然是从中获取了灵感。

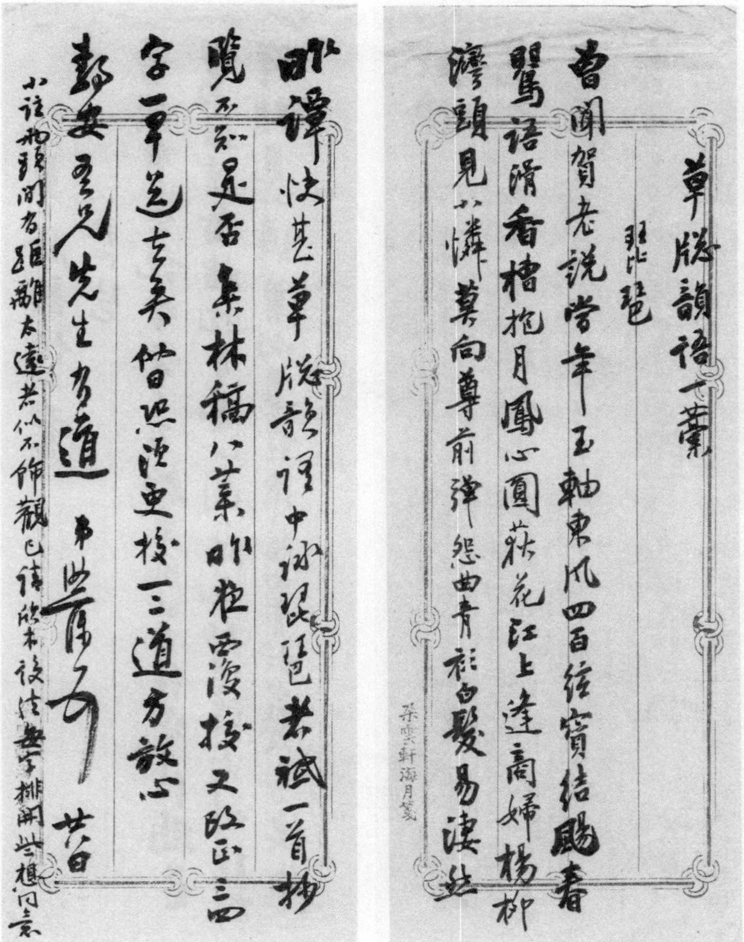
草窗韻語一葉

琵琶

曾聞賀老說當年玉軸東風四百絃寶結颺春鶯語滑香槽抱月鳳心圓荻花江上逢商婦楊柳灣頭見小憐莫向尊前彈怨曲青衫白髮易淒然

朵雲軒海月箋

昨譚快甚草窗韻語中詠琵琶者試一首抄覽不知是否集林稿小葉昨檢雲溪校又改正三四字一草送去矣皆照原書更校一二遍方敢心

静安賢兄先生有道 弟汝藻頓首 廿四

小注刻頭間有距離太遠者似不飾觀已請欣木設法無字排開此想同意

蒋汝藻致王国维函

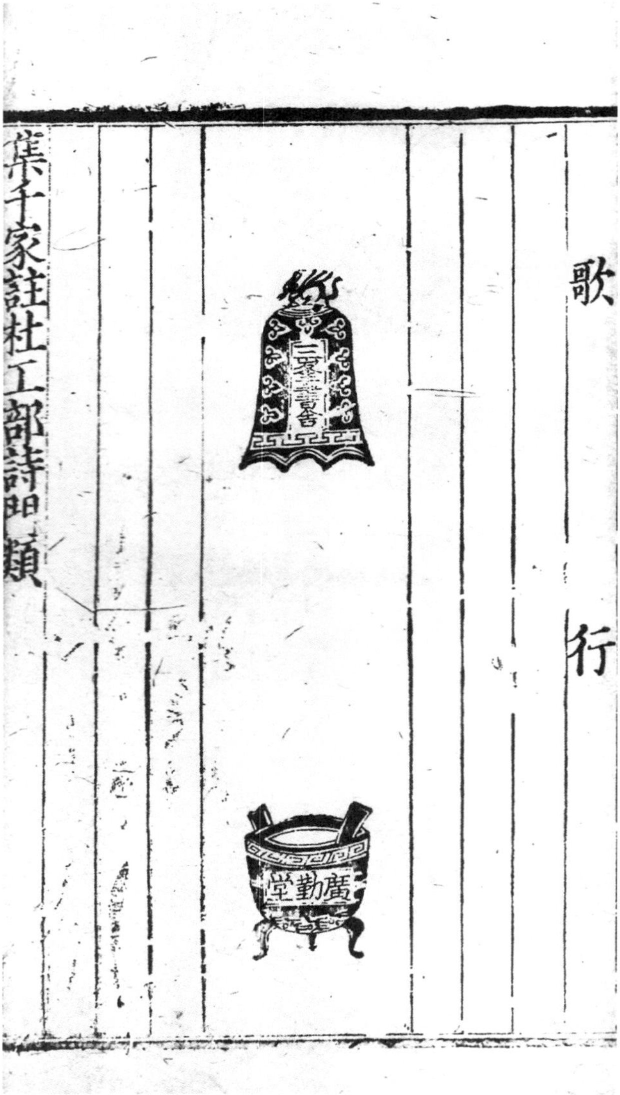

元建阳广勤堂印本《集千家注分类杜工部诗》牌记

当然，在这一点上，二者具有共同的文化背景，这就是北宋中期以后日渐兴盛的对青铜器等古器物的收藏与研究风气；其更深远的背景，则是唐宋文化的历史性变革。

2018 年 1 月 4 日记

书废序仍存

【说明】辽宁沈阳的万卷出版公司，在 2017 年 7 月出版一本我的文集《辛德勇说中国历史地理：湮没的过往》。万卷出版公司在未告知本人，也未经本人审看同意的情况下，擅自删改原文，以至面目全非，成为废品。获悉情况后，本人当即在新浪微博和微信公众号上郑重声明，一切相应的不良后果，均由万卷出版公司承担。

此书虽废，但书前的自序，对读者了解我的一些学术想法，或有一定意义。故存留以供参考。

摆在大家眼前的，是我的一本历史地理学论文“选集”。和过去自然累积成册的论文集有所不同，这些论文，以前曾被编入过其他文集出版。

文集的编纂，有各种各样的形式，以适应不同的需要。过去写得少，累积成册已属不易，自然没有别的选择。当然，我对自己，从来也没有成为“大家”的期望，所以也没有想过只选编那些存得下、放得住的文章。我清楚，自己的文章，现在就没多少人喜欢，说不定一篇文章也不会传人传世，何必想那些想不着的事。这样，捡到篮子里就是菜，几乎把所有像样儿不像样儿的文章都编选入集了。

不过我做研究很任性，写的东西比较庞杂，即使是在某一个具体领域，也是如此；更不用说我还横及自己专业以外许多其他领域的问题，这就愈显纷乱。这样，文集出得多了，也给读者带来很大困惑。这就是乍看起来，头绪繁多，不知从哪里着眼是好；尤其是初涉学海的年轻朋友，甚至会有头晕目眩的感觉。

在这种情况下，按照某一特定的专题，重新选择一部分比较具有代表性的论文纂集成册，或许会给这部分读者提供一定的便利。这部文集，就是基于这样的想法编录出版的。

我走入专业学术研究领域时所接触的第一个具体学科，是历史地理学；更确切地说，是从事中国历史地理学的研究。读硕士学位，读博士学位，直到后来被组织认可来当硕士研究生导师、博士研究生导师，首先也都是在这个学科。因而，中国历史地理学可以说是我真正的“专业”，其他所有研究，都只能算是“业余爱好”。

看我近年写的东西，读者或许能够注意到，历史地理的文章，比重并不很大。这很大程度上与我来到北京大学以后的教学工作有关。2004 年秋天，我从中国社会科学院历史研究所转调到北大历史系工作。当时历史系的本科历史地理课程，另有其他老师开设，我就只给研究生适当讲一些历史地理课程，主要的精力，是给本科生讲授一些中国历史文化的基础知识，同时给研究生讲授古籍版本学和历史文献目录学。这些都是自己过去不太熟悉，甚至根本不了解的内容。

为此，不得不现学现卖，努力边学习，边授课。由于天资愚钝，我做事比较仔细，甚至过于较真儿，认死理儿。在备课过程中，自然会对一些既有成说，或是不甚清楚的问题，思索一番，结果发现很多问题，需要进一步深入探讨，于是，就陆续写出一批方方面面的文章。例如，我写《秦始皇禁祠明星事解》，是为给本科生讲天文历法知识而备课学习的副产品；写《北齐乐陵王暨王妃斛律氏墓志与百年太子命案本末》《〈马天祥造像记〉与北齐武平九年纪年》《北齐〈大安乐寺碑〉与长生久视之命名习惯》等石刻文献的研究文章，是缘于给本科生讲碑刻学知识；写《雒阳武库钟铭文辨伪》，是为了向本科生更好地说明中国古代的纪年形式问题；出版《制造汉武帝》，其缘起，首先是为了在"目录学概论"课上向研究生清楚说明《资治通鉴》各个部分的史料价值；出版《中国印刷史研究》，缘于给研究生讲授"版本学概论"过程中对相关基础问题的反复思索。

总之，是为了更好地做好教学工作，不得已而为之。尽管有极个别自视为某一学科"大专家"的人，很看不惯我这一类旁涉于彼的研究，并公开撰文，对我厉声训斥。但我想，作为一名大学教员，上课教书是自己最基本的本分，要想努力上好课，对学生负责，就不能不积极地对相关问题进行探索，不管那些专家者流是不是看得惯（况且就其人"列举"的具体问题而言，至少到目前为止，我并没有觉得自己的看法有什么不妥），这样的研究，我还是要继续下去。

另一方面，2012 年在天津举办的历史地理学年会上，我主动辞去了此前担任的中国地理学会历史地理专业委员会副主任和委员的职务。在这之后，就没有再参与过任何历史地理学专业的学术活动。没有为参会而赶写论文的推动力，也使得历史地理论文的数量相对不是很多。

尽管如此，近年也有一些论著发表。除了《旧史舆地文录》《旧史舆地文编》两部文集之外，诸如前年发表的《秦汉象郡别议》，也是我花费心力较大的历史地理学论文。

几年前，我在北大历史系已经开始给本科生讲授“历史地理学概论”课程，随着教学的进展，对中国历史地理研究中的一些重大基础性问题或是具有关键性意义的问题，又逐渐产生了新的看法。我一直坚信，包括历史地理在内的所有历史学研究，其学术贡献和创造，在于切实的论证结果，而不是什么“超人”的“聪明”想法。论证的过程是艰辛的，但天若假以时日，我将争取把这些初步的看法写成比较完善的论文发表出来，争取为中国历史地理学的发展，再多做出几分实实在在的贡献。

这次汇集在这本书中的文章，主要是从初读者的兴趣角度考量，重点选择了一些历史政治地理和历史军事地理方面的论文；同时也是从这一角度出发，兼顾了对比较引人注目的最新出土文献的解读。

书中选录的这些文章，如果说在研究方法上有什么共同特点的话，就我自身的主观追求而言，我想，大致包括如下几个方面。

首先，是在研究历史问题时，注意在活的、具体的历史活动进程中来解析历史地理问题。古代文献对历史地理内容的记载，大致可以划分成直接的静态记载和间接的动态记载这两大类别。相比较而言，前者更容易获得，其中一部分内容却存在不同程度的讹误，而且往往还会被后出的文献转相因袭，长期误传下去。因此，我在研究历史地理问题时，一直注意在动态的过程中去求取真相，注重相关事项之间的动态联系，尽力摆脱孤立的地名和地理事项的束缚。

我想，这样的努力，大概在《论所谓“垓下之战”应正名为“陈下之战”》《巨鹿之战地理新解》这两篇文章对所谓“垓下”决战战场和项羽驻军的“安阳”这两个地点的考证中，体现得最为清楚，而实际上这部文集中选录的每一篇论文，都充斥着这样的关照。就我个人的经验而言，充分关注这一点，可以帮助我们解决很多重要的历史地理问题。

其实从更深一层的意义上讲，似乎也只有这样，才能使我们的研究更有价值，我们应该更多地关注历史地理事项的空间形成和展开过程。历史地理问题的研究是这样，其他历史问题的研究也应该如此。例如，在中国古代各项制度史的研究方面，各项制度与具体历史人物、历史事件、历史活动之间的动态关系，就比静态的制度设置更为重要。人是活的，同样的制度设置，在不同的时期因不同的人参与实际的运作，往往会产生不同的效果，甚至会截然相反。

其次，是注重在一个大的历史背景下细致地剖析具体的历史地理问题。我的历史学基础很薄弱，没有能力去把握和解决宏观问题，只能研究一些具体的历史地理问题。只是在解析这些具体问题时，一直注意不要仅仅俯视局部而忽略其整体背景，或者说是放眼于相关历史地理问题的总体格局来察看具体的历史地理事项。

我体会，这样的研究视野，不仅能够帮助我更加准确地揭示事物的真相，同时也能更加充分地阐释每一具体问题所蕴涵的更大、更深的历史意义。关于这一点，我想在《越王勾践徙都琅邪事析义》《云梦睡虎地秦人简牍与李信、王翦南灭荆楚的地理进程》《汉武帝“广关”与西汉前期地域控制的变迁》以及《史万岁南征路线重析》这几篇文章中都有突出的体现。

再次，是注意在具体问题的研究过程中揭示新发现、新出土文献资料的价值。面对层出不穷的新史料，历史地理学研究当然不能漠视不理，但我一直认为，从本质上来说，史料的价值大小，不在于新旧，而在于所研究的问题。只有在对问题的深入认识过程中，才能充分认识和利用新史料的价值。这本文集中《〈楚居〉与楚都》和《补证项羽北上救赵时所经停的安阳》这两篇文章，对这一点都有比较清楚的反映。

我希望这部文集的选编出版，能够帮助读者更好地理解和认识我的学术追求，同时也能帮助一些朋友认识中国历史地理研究。我个人在学术研究上的缺陷和局限，都是十分明显的，读者也很容易看到。我相信读者自易超越这些不足，但希望得到大家的指正。

2017 年 5 月 16 日晚记

2017 年 7 月 29 日追附相关说明文字

《古代交通与地理文献研究》再版后记

这是我的第一部论文集，初版于 1996 年。一转眼，已经过去二十一年了。当时只印了两千册。很多年来，有很多读者，说是想买这本书而买不到，希望能够重印或是再版。但这事我自己无法做主，只能仰赖出版社的意愿。

好事不怕晚，现在机会来了。商务印书馆慨然相助，帮助再版。我当然很高兴，也很感激。

重看自己二十多年前出版的这部文集，结合这部文集出版之后自己所做研究的体会，在治学的一般方法方面，有一些思考，我想写在这里，供各位读者参考。

总的来说，这些初涉学海时候的习作，与现在自己的文章相比，显得要稚嫩很多。首先文句很生涩，行文也很拘谨。同时，很多论证都不够丰满，还颇显局促。对于我这样一个既缺乏天赋，又无家学相传和没有文科教育基础的初学者来说，这应该说是必然的。

更为严重的问题，是有一些论证，存在很严重的缺陷。在这一方面，《唐高僧籍贯及驻锡地分布》一文，尤为突出。

这篇文章，本来就只是做一个很表象的数据统计和说明，即使不存在什么瑕疵，也没有什么深度和难度。要是在今天，我是无论如何也不会写这样的文章的。说实话，当时也不是我想写，这是业师史念海先生指派给我的任务。那是我读博士学位期间的事情。史念海先生当时计划组织一项唐代文化地理方面的研究，而我为拓展史料阅读的范围，正翻看一些史传类的佛藏著述，于是，史念海先生就指示我尝试写一下唐代高僧的地理分布问题。

直到现在，我也根本不懂佛教。在这种情况下，当然是写不好的。问题是这篇文章不仅没有学术深度，就连基本的统计方法和对统计结果的说明，都颇有问题。我从小就数不过来数，很害怕做计算。越怕，也就越做不好。因为讨厌计算，所以上大学报的是文科，谁知又被错招到理科，而我最终还是逃到了文科研究领域。因为笨，就慢慢数算，结果是文中以圆饼形式表现的高僧籍贯和驻锡地分布图，是没有什么问题的，这也是这篇文章仅具的价值。问题出在唐代前后期对比的升降幅度值上，我的算法好像很不对头，但我到现在也弄不明白个所以然。读者们看看就是了，对这部分内容，不必太当真。

其他一些比较幼稚的失误，如在《崤山古道琐证》一文中，我举述光武帝刘秀以“玺书”慰问将领冯异事，来说明冯异一军与刘秀不在同一条路上，所以才需要使用“玺书”，而不是当面表明他的美意。现在才知道“玺书”本是郑重其事的一种礼遇形式，而不是离得远才需要写的书信，我这条证据恐怕是不能成立的。

尽管存在这样一些问题，但到目前为止，我觉得这部文集中各篇文章的基本结论，并没有太大问题，大致都是可以成立的，论证的过程也是比较合理的，所以仍然愿意再版印行此书。当然，有些文章的内容，可以做出更好的修订和补充，比如《〈水经·渭水注〉

若干问题疏证》一文对汉长安城诸门名称的考证，最近我在《海昏侯墓园与西汉长安城的平面布局形态》一文中已经做了新的订定；又比如《西汉至北周时期长安附近的陆路交通》一文所论证的汉长安城北出通路，新近发现的汉代渭河古桥遗址，也可以对传世文献的记载做出重要补充。

历史学是一门人文学科，而人文学科一项很强的特点，就是因人而异，往往各有各的特点，很难说出一个统一的道理。就我个人而言，在读研究生之前，几乎一点儿基础也没有，脑袋里是一片空白。这样，读研究生后被导师逼着写论文做练习，根本不可能做大问题，只能随手做一些小问题，碰到什么就做什么。

对于一个初学者来说，做的问题虽小，费的力气却往往很大。这主要是因为做小问题，通常需要查阅很多苛细的史料，需要动用一些做大问题时无需多加理会的史籍。对初学者的好处，一是可以扩大史料阅读的范围，在具体的研究过程中，了解史籍，熟悉史籍；二是可以更好地帮助初学者养成对史料的敏感性，注意在读书时关注细节；三是这种对细节的关注，会使初学者深切地意识到自己与古代社会之间的距离和隔膜。为更好地认识过往的历史，我们需要学习很多很多方面的知识，具备很多很多基本的能力，而不仅仅是大学历史教科书上那一大堆抽象干瘪的概念。

随着年龄的增长，读书范围的扩展，一些从事小问题研究的学者，不同程度地会转而关注和研究一些更大的问题。实际的做法，大致有两种；一种是直接研究宏观性、全局性、通贯性的问题；二是看起来似乎还是研究很具体的小问题，但在很多时候，事实上已经超越所研究的具体对象本身，是在一个较大的背景和一般性认识的基础上，着力解决个别的疑难问题，并尽可能阐释其普遍性意义或典型特征。不解决这些疑难的个别问题，所谓大问题，就会在这些关键问题上缺乏支撑，成为空中楼阁。这看起来似乎还是小问题，但实际上却是在解决大问题。清代第一流的历史学者钱大昕，主要采用的就是后一种研究方法。

记得我在中国社会科学院历史研究所做狗官的时候，有一次，老领导林甘泉先生，语重心长地指教我说："你这两年的工作，做得很好，推动历史所的研究，更加扎实。但同时也存在一个很大的问题，就是历史所人员所做的研究，越来越苛细，越来越缺乏对宏观重大问题的关照，希望你能及时注意这一点，在这方面有所作为。"我非常感激老领导、老前辈对我本人和历史所工作的支持与关心，也非常赞成他对历史研究所总体方向的把握。同时，也很坦诚地讲述了我对这一问题的想法。

我认为，一个好的历史学者，要能够解决，并且着力解决一些重大的历史问题，至少像中国社会科学院历史研究所这样的国家级研究单位，其中要有相当一部分研究人员，不能永远满足于具体细琐问题的研究。但是，在另一方面，我觉得学术的成长，要有个自然的过程，有一条合理的路径，并不是怎么做都能够达到你所期望的目标。

如果从小处做起，从更具体的问题做起，更多关注历史的细节，就会逐渐形成一个比较坚固的基础。在此基础上，一部分人，研究的境界和能力若是能够有所提升，就是实实在在的长进，就能够切切实实地解决一些大问题，推动历史学的研究取得重大进步。与此相反，若是一入门就两眼紧盯所谓大问题，对于绝大多数普通学人来说，恐怕无异于擢发升天，就是揪破头皮，也升不上天去。

至于有许多，甚至绝大多数从小问题做起的学人，最后一直未能有所跃升，那是他天分如此，而不是方法和路径的问题。每个人都有自己的天花板，高度各不相同，这是天注定的自然生理条件，无可奈何。所幸历史学不是高能物理学，也不是哲学，做不了大学问，成不了大家，踏踏实实地研究点小问题，仍然会对学术有所贡献，终究会比空洞地漫谈所谓大问题更有价值。

况且从本质上讲，我认为历史学是研究具体历史事实的科学，大问题要研究，小问题也需要有人研究。所谓大问题，不过是牵涉面比较广，同时对全局的影响也比较大而已，并不是它比别的问题更高贵。研究者和接受、消费、利用其研究成果的读者，因个人关注点的不同，需要的不同，喜好的不同，问题的大与小，也是随时可以转化的，绝非一成不变。问题的关键，还是要能否切实解决历史问题，揭示历史的真相。能够做到，就是好的研究，就是有价值的研究。具体的史实和史事，总不如宏观大论的叙说更能招引读者的注意，赢得大众的关注与喝彩，往往会显得十分冷清。历史研究既然是一项科学的探索，就必然是孤寂之旅。对此，我在大学二年级时就已有清醒的认识。自我享受发现的快乐而不取媚于世俗，不违心屈从于他人，这是我向往的人生境界。

林甘泉先生自青年时期起即奋不顾身地加入中国共产党，投身中共领导的革命运动。他从事历史研究，肩负红色使命，是为了阐释历史发展的规律决定中国必然进入共产主义世界，虽然身在学术界，实际上却干了一辈子革命，当然不会同意我的想法。不过至今我也还是坚持自己的看法，坚信不积跬步无以至千里的古训。至于到底自己有没有进一步提升的可能，那只能听天由命，走到哪里算哪里是了。

事实上直到今天，我的研究也没有能够有重大的跃升，大多研究还只是就事论事而已。这就是天分太薄的缘故，而不是没有用功读书治学。尽管如此，在我力所能及的范围之内，还是努力尝试揭示一些具体问题之外的普遍性规律，或因展宽视野而触及一些与所研究问题相关的其他重要事项。

收在这部集子里的一组有关汉唐长安交通地理的文章，前三篇，先是一一复原了汉唐期间长安附近的水陆交通路线，其中包括很多复杂的考证。在此基础上，我撰写了第四篇文稿，这就是《长安城兴起与发展的交通基础》一文。在这篇文稿中，我尝试从普遍性意义上，对交通道路与城市选址之间的关系，做了一点儿探索，指出在一个城邑的对外交通道路中，并不是每一条交通路线对城址的确立都具有等同的作用，因而可以将其划分为“控制性道路”和“随机性道路”两大类别。

所谓“随机性道路”，是指那些受自然条件的限制很小，从而会随着政治、经济、军事各项社会因素的变化而变化的道路；“控制性道路”则严格受制于自然条件，稳定性甚强，从而对人文和经济地理布局起着控制作用。在对这两种道路认知的基础上，我对汉唐长安城的四出通道做了区别和分析。尽管我提出的这些概念并未有人关注，也没有见到有人用同样的眼光来分析历史时期的城址选定问题，这也不是什么高深的见解，但我仍然觉得对一个城邑的交通道路做出这样的划分是具有积极意义的，自信这会有助于人们深入认识一座城邑赖以确立的交通道路基础。

能够在具体的路线和地点考证之后，再来思考这样一些相对更高层次的问题，有助于使我们的认识更为真切，更为丰满，也更加牢靠。

我研究汉唐期间长安城对外交通道路与其城址选定之间的关系，在研究方法上，完全是受侯仁之先生的影响。

侯仁之先生在分析北京城兴起和发展的地理背景时，特别强调这一城址是处于几大交通干道的交汇点上，是这一交汇点决定了这一城址的必然位置。这些交通干道，包括通过燕山阻隔的古北道、卢龙道和傍海道。这里“古北道”是指通过今古北口的道路；“卢龙道”是指通过今喜峰口的道路；而所谓“傍海道”，即今通过辽西走廊和山海关的道路。

对这些道路在历史时期的应用状况，侯仁之先生没有顾得上一一梳理辨析，都将其列为决定北京城址的交通道路。当时，中国历史地理学刚刚创建，侯仁之先生对北京城址选定问题的研究，正是创建这一学科的典范性研究之一，他这样处理这一问题，是很自然的事情。但在这一学科已经全面建立起来多年之后，作为后辈学者，我们重新看待学术前辈的开创性成果，就应该尽可能使之更加完善。

我在读硕士学位期间发表的第一篇学术论文《论宋金以前东北与中原之间的交通道路》，本来关注的只是东北和中原这两大地域之间的交通道路变迁问题，但在全面考察相关道路之后，发现在北京城建立之初，影响其交通地理位置的通道，应该主要是卢龙道，这是因为古北道和傍海道当时还都很不发达，特别是傍海道，直至唐代，还很难通行。辽金时期以后，随着沿海地区的全面开发，这条道路才变得比较通畅，成为中原地区经今北京城去往东北地区最重要的道路。当然，在北京城进一步发展的过程中，傍海道是发挥了至关重要作用的。这是我在研究古代交通结构时牵连触及的一个北京城的基本历史地理问题。只有展宽视野，不拘泥于某一方面、某一时代、某一地区的历史地理问题，才能在研究中随时获取意想不到的发现。

我主张首先关注具体问题的研究，但如上所说，并不赞成一直做某一特定方面、特定时代或是特定地区的研究，不赞成青年学者走这样的“专家”之路。老一辈人很在意读书人的素养是否“博雅”，这两个字看起来挺简单的，要做到，却很不容易。

所谓“博”，就是拓宽视野，拓展知识范围。这一点，我首先要感谢业师史念海先生的要求和指导。初入师门未久，业师就很严肃地告诫我说：“你跟着我读书做学问，学习的历史地理学知识，一定要系统全面，若是偏守一隅，就一辈子只能做个三家村学者。”这句话说起来大多数人都能够理解，也能够接受，但历史学研究中，重要的是实践，而这个实践活动，是需要一点一滴地累积展开的。

史念海先生的研究，局面宏阔，涉及历史地理学的方方面面，可以说当代中国历史地理学的学科框架，就主要是在业师的努力下建立起来的。他老人家丰硕的研究成果，自然是我首先要效法的典范。不过与此同时，黄永年先生浩无涯涘的研究兴趣，也给我很大刺激和诱惑。当年第一次读到黄永年先生研究李秀成自述的论文时，不仅为其精彩的论述拍案叫绝，同时也在钦敬之余，心向往之，以为读书人本当如此。应该能够像黄永年先生那样，从先秦一直做到近代（其实黄永年先生谈起现、当代中国史，更是如数家珍，但中国的现、当代史研究首先是讲政治，不宜妄谈，所以写文章能写到近代也就蛮不错了），而且能够很深地介入各个方面的问题。

在这种想法的驱动下，在读硕士和博士学位期间，我都尽量拓展读书学习的范围。这样的努力，在这部论文集中已经有所体现——文集的内容颇显杂乱，就是出于这一原因。从所涉及的时代看，大致从先秦两汉以迄明清，多少都涉及一些；从内容上看，虽然文集以“古代交通与地理文献研究”为名，但除了古代交通和地理文献这两方面的内容之外，还包括历史自然地理、历史城市地理、历史文化地理和古代地理学史等多方面的研究；从研究的地域范围来说，则既有全国性的研究，有对中原地区的研究，还有研究东北地区的文章和研究西南地区的文章。这种情况，既已初步具备我后来研究的基本特点，但也还有明显的差异。这就是基本上还限制在历史地理学的范畴之内，所研究的古代文献，基本上也都是地理文献（《〈大业杂记〉考说》一篇在性质上虽然论述的不是地理文献，但《大业杂记》书中有一些涉及隋代东都的史料，我是因研治隋唐两京问题而涉及此书）。与之稍有差别的，主要是《徐霞客史事二题》一文所做的地理学史研究。但由于史料上的重合之处较多，历史地理学者从事一定的地理学史研究并不需要向外跨越多大距离，历史地理学的前辈往往也都会像这样做一些地理学史的研究。我这样做，算不上在学科领域上有明显跨界的地方。

对于从事学术研究的人来说，我想，可以把“雅”理解为做学问的路子要正，味道要醇。不过究竟怎样做才算得上正确的路径，醇美的味道，这是因人而异的事情。学问是自己的，犹如宗教信仰，本是自信其是而已。既没有必要让别人非信自己的不可，也没有必要看人家眼色行事，一味跟着别人脚后跟儿走，特别没有必要死乞白赖地去追赶什么世界新潮流。

就我个人的态度而言，首先是重视基本史籍的阅读，从基本史籍出发，去认识历史，发现问题，继而再主要依据基本史籍的记载，或是在基本史籍给我们提供的大背景下去努力解决问题。

古代的历史，已经远离我们而去。认识历史的手段虽然有很多，但至迟从东周时期开始，到目前为止，其最最基本的凭借，还是传世史籍的记载。这些传世文献，保存的历史信息最多，也最清楚。脱离这些文献记载，绝大多数史事都无从索解。不过流传至今的中国古代史籍数量庞大，可谓汗牛充栋，所以在利用这些史籍从事研究时，还有一个正确处理主次、正偏关系的问题。

在这方面，当年业师史念海先生经常讲给我和同学们听的一句话，是要“化腐朽为神奇”。这是从他的老师顾颉刚先生那里习得的治学准则，即强调要以传世典籍中的基本文献为主。形象地说，就是依赖最常见的正经正史，而不是野史杂记，更不是各种新出土的简牍碑版，以至各种纸质公私文书。从这些多少年来迭经披览而看似早已“腐朽”透彻的书籍中，发现前人不能发现的问题，解决前人未能解决的问题。

我的另一位老师黄永年先生，尤其强调说，做学问，一定不能走偏恃孤本秘籍的路子。黄先生反复告诫我，那不是治学的正路，必然会失之于“陋”，而不是日臻于“雅”。那样做很容易只见树木，不见森林，缺乏对历史现象的总体关照，缺乏应有的厚度和深度，不会有更加持久、更加强劲和更加深入的发展。在黄永年先生的晚年，几乎每一次见面，他都要向我强调，一定要集中力量好好读正史，许多中国古代史中的重大问题，大家都习以为常，但只要认真阅读正史，就可以发现存在重大的缺陷或是偏差，需要重新做出阐释。

作为走上治学道路以后最初的习作，收在这部文集里的大部分文章，都是按照老师的指教，遵循上述旨趣，依据习见基本典籍尝试做出的研究。关于这一点，读者开卷可知，我在这里就不再具体说明了。

为了更好地利用传世文献，就需要具备一定的版本目录学知识。老一辈学者，普遍重视这些知识，将其视作入门的阶梯。当年随同史念海先生读书之始，即遵先生的指示，去听黄永年先生讲授的版本目录学课程，并随时向黄永年先生请教，尽量多在这方面打下一个良好的基础。这样，我不仅在黄永年先生的课堂上接受了正规、系统的文献学基础训练，幸运的是，还蒙受永年师垂爱，在课堂授课之外，给予了很多很多教诲。在读硕士学位之前，我本科毕业时拿到的是理学学士学位，版本目录学知识一片空白，没有一点儿基础，是永年师引领我入门，手把手地传授，使我较快有了一些长进。

收在这部文集中的几篇地理文献的考据文章，就是我在这方面尝试着做出的一些努力。这些文章大多比较浅显，相比较而言，《〈水经·渭水注〉若干问题疏证》和《考〈长安志〉〈长安志图〉的版本——兼论吕大防〈长安图〉》这两篇文章，可以说分别是在目录学和版本学两个方面自己稍微满意一些的研究。像《〈水经·渭水注〉若干问题疏证》这篇文章对灞水上源各重要支流的考辨，对西汉长安城诸门名称的订定等，得出很多新的看法。尽管只是一篇习作，但涉及《水经注》的版本等一系列复杂问题，前人虽有过很多研究却仍存在不少问题，做起来颇费一番功夫。由于自己花费了较大力气，文中提出的看法，至今看起来，自以为仍基本成立。其中个别问题，虽然可以做出一定的订补——如前文所述，关于西汉长安十二门的名称，最近我在《海昏侯墓园与西汉长安城平面布局形态》一文中就对旧说略有修正——但基本的分析方法，并没有改变，而这样的分析方法，对相关的研究，或许能够提供一些参考和借鉴。

虽然后来我又做过很多版本目录学的研究，也出版过不止一部研究著述，但所有这些研究，一如其初衷，只是为了更好地利用史籍来做历史问题的研究，而不是为研究史籍而研究史籍，这也是我从黄永年先生那里学到的治学旨趣。永年师一直认为，掌握相应的版本目录学知识，是一个历史学者必备的前提条件，而不是所谓“版本目录学家”才需要掌握这些知识，才能够掌握这些知识。当年自己在这方面的努力，为研治相关历史问题，奠定了较为适宜的基础。对这方面的知识，我现在学得还很不好，还要一直努力学习下去。

在研究中注重以传世基本典籍为主要依据，并不是说排斥其他史料。相反，史念海先生和黄永年先生都指点我要广泛阅读，以拓展见闻。黄永年先生特别强调说，一个受过正规训练的好学者，要使自己具备“指哪儿打哪儿”的素质和能力，即根据工作的需要或是兴趣的指向，能够在短时间内，转换研究的时段和领域。这自然需要历史文献知识具备相应的广度，既是治学之“雅”的一种体现，同时也又回到了前面谈过的“博”的问题。

在我这部习作文集中，有四篇涉及石刻文献的研究，能够大致反映我在传世基本典籍之外，对碑版铭文这类史料的关注和态度。

第一篇是《唐〈东渭桥记〉碑读后》，针对的是当时新出土的一方唐代碑石。集中关注新发现的石刻史料，是当下学术界的普遍倾向，而我当时撰文发表自己的一些看法，却主要是基于此前对唐长安城附近交通道路进行研究的基础，而不是跟着去抢什么新材料。也就是说，我在史念海、黄永年先生那里接受的治学方法，是根据研究问题的需要来使用一切可以利用的史料，而不是两眼紧盯新材料来写文章。这是两条完全不同的路径。出发点不同，写出来的东西，味道往往也会有所差异。

其次是《汉〈杨孟文石门颂〉堂光道新解——兼析灙骆道的开通时间》，这篇文章是以汉碑中大名鼎鼎的《石门颂》作为研究对象。这种世代相承迭经研讨的石刻，与新出土的《东渭桥记》截然不同，需要更加深入的思索，才能得出前人未能提出的见解。但我理解，体现一项好的研究的“雅”意，正在于此。我这篇文稿的观点，未必完全正确无误，但对这种著名石刻的解析，就像解读《史记》《汉书》一样，充满诱惑，也充满挑战。

其余两篇主要依据和研究石刻文献的论文，是《宋金元时期西安城街巷名称考录》和《西安碑林迁建时间新说》。前者的特色，是主要利用了金章宗明昌五年上石的《京兆府提学所帖碑》来复原这一时期的街巷状况；后者也是利用一篇金代石碑的铭文来解决今西安碑林的始置时间问题。这两通金代的石刻，为《金石萃编》所著录，是最大路的“老材料”，早已无人关注。但悉心解读这两篇石刻文字，同样可以取得“化腐朽为神奇”的效用。

《京兆府提学所帖碑》记述了城中很多街道上的宅基范围，我在分析这一碑刻时发现，碑中凡记街道两旁地基，云其东西或南北阔若干，都是在与街道平行方向上量算，而若云其东西或南北长若干，则必是在与街道垂直方向上量算。据此通例，可以推导出诸多街道的走向和街道两旁住宅的规模、布局形态等问题。唐代坊制打破之后城市街巷形态的演变过程，是中国古代城市发展史上的一个重要问题。宋辽金是唐代以后这一演变过程中的关键时期，或者可以说是转折时期，而相关史料，却相当匮乏。认真分析《京兆府提学所帖碑》提供的这份资料，可以帮助我们解决很多重要问题。我这篇文稿，只是最初步的史料整理和归纳，属于札记性质。本来计划在此基础上再做更进一步的研究，只是因完稿后即调离古都西安，工作的重心随之转变，直到现在，也没有再触及相关问题。但愿以后还能重拾旧业，继续这一研究。

《西安碑林迁建时间新说》一文主要是利用金海陵王正隆二年的《京兆府重修府学记》石碑，考定今西安碑林的始建时间是宋徽宗崇宁二年（公元 1103 年），而不是以往认定，同时也是至今该博物馆仍在大力宣传的宋哲宗元祐二年（公元 1087 年）。只要稍微正眼看一下这方碑石的内容，这本是一清二楚的事情，是不想承认也得承认的史实，而且这方碑石应当就藏在现在碑林博物馆里。其被忽略如是，就是因为它是一块传世已久的老旧石头，而不是刚从地底下挖出来带有土腥气息的“新史料”。设想一下，要是新鲜出土，岂不会被炒翻天上去，一定会被一干人等用作“颠覆”旧说的神器。前些年我去西安碑林博物馆参加其庆祝碑林建置若干周年的一次学术会议，一到场就有好心人相告，千万别提碑林的始建时间问题，这会让主办者窘迫。大喜的日子，我当然不会去扫人家的兴致。

历史研究，对于我来说，只是满足好奇心而已。真相，我知道了，这就是个乐子。至于别人怎么看，和我又有什么关系。有根有据，就所有的论点论据直接针锋相对的学术批评和讨论，我当然会认真对待，也非常欢迎。认识到自己错了，就改。若只是空口白话，或是邪说歪理，别人想怎么讲，就怎样讲，那是人家的事儿。

我觉得，由于基本学术理念的偏差，惟新是崇，导致时下学术界对旧有金石材料的利用，远远不够。即以较早著录大量汉魏碑刻的《隶释》《隶续》而言，很多研治秦汉魏晋史者，甚至对其闻所未闻；翻检过的人，更是少之又少。习惯成自然，在中国史学界，类似的怪事早已见怪不怪，成为一种“新常态”了。事实上石刻文献也与其他传世典籍一样，也有其自身的体系，为了更好地利用这些文献，最好也要努力对石刻文献有一个比较系统的了解。知道得多了，才能更加合理、更加广泛地利用好这类史料。

后来我来到北京大学历史系工作，在给本科生讲解碑刻学基础知识时，为了锻炼自己的实践能力，特地试着写下了《北齐乐陵王暨王妃斛律氏墓志与百年太子命案本末》和《〈马天祥造像记〉与北齐武平九年纪年》《北齐〈大安乐寺碑〉与长生久视之命名习惯》等几篇文章。后来所做同类石刻文献研究，比较重要的论文，还有《说阜昌石刻〈禹迹图〉与〈华夷图〉》一文。研究的对象，都是学术界久已熟知的著名碑版。这些新写的论文，自然要比当年的习作更为成熟，但基本的治学理念，却是一以贯之，由过去延续下来的。

另外，在这里需要稍微具体一些加以说明的是，作为历史地理学的研究，在研究中还需要合理地对史料的阅读分析和对实际地理状况的了解、认识。这实际上涉及两个方面的问题：一是一定要结合地理形势来分析史料，考证史料；二是合理地处理用功读书与野外实地考察之间的关系。在我看来，把这两个方面的问题处理好了，一项研究就会得其雅正；若是处理不好，则或格于迂，或失于野。

历史地理学的研究对象，不仅具有各自不同的时间特征和属性，还具有独特的空间特征和属性，研究者自然需要同时对其加以关注。我理解，合理的做法，应当是主要通过史料的阅读来揭示地理事物在时间轴上的样貌，再结合具体的地理形势，特别是总体地理背景，以准确地解读其空间内涵，最终展现出具体时间点上的空间形态。

文集中《论霸上的位置及其交通地位》《再论霸上的位置》和《三论霸上的位置》这三篇文章对“霸上”这一地点的考订，若是不多考虑具体的地理状况，单纯从一般意义上看，所谓“霸上”，就像“河上”“汉上”“海上”等词一样，不过是“某水之上”的意思而已，既可以指霸水的东岸，也可以是指霸水的西岸。可是，若是和当时、当地的具体情况相结合，就可以看出，汉唐长安城东面的“霸上”，已经成为一个表示特定地点的专有名词。这一特定地点，就是长安城东出三条大干道的分歧点，或者说是一个至为关键的“结点”：一条是去往正东的函谷关道，一条是去往东北的蒲关道，另一条是去往东南的武关道。“霸上”在交通地理和军事地理上的地位和重要性，就在这一点上。因而论定这一问题，已不是简单的地名考证，而是解决汉唐长安都城附近交通地理结构中的一个关键问题。

同样，《论宋金以前东北与中原之间的交通》这篇文章在分析各条通道的兴替关系时，我也努力结合这些道路的自然地理形势，分析相关文献记载，指出滨海一道在辽金以前的通行能力，因受地表积水的阻滞而相当低下，难以发挥很大的作用。在《论西渭桥的位置与新近发现的沙河古桥》这篇文章中，针对一些考古学者将沙河古桥推定为“丝绸之路第一桥”，亦即西渭桥的说法，我从长安城西北向干道的走向来论证沙河古桥的性质和作用，指出其位置、朝向与长安城西北出大道的抵牾，从而否定了其属于西渭桥的可能。近年新发现的一组渭河古桥，证明我的分析是符合历史实际的。这也是透过总体的地理形势来考定一个具体的地物。

谈到对实际地理环境的重视，很多人一定会首先想到野外实地考察。其实面对目前中国学术界的现实情况，这一点，正是我持有强烈异议的地方。

当今，中国的历史学界，特别是历史地理学界，有很大很大一批人，动辄声称“野外考察”具有非同寻常的神异作用，可以解决很多依据历史文献所不能解决的问题。于是，东奔西走，南来北往，一时间煞是热闹。可是实际效果呢？我看绝大多数所谓“考察”，不过是一场场观光之旅而已，既浪费了大量民脂民膏，更枉耗了一大批学者的学术性命。

众所周知，在中国历史地理学界，业师史念海先生是积极倡导野外考察的第一人，并身体力行，为此树立了典范。但史念海先生倡导的野外考察，准确的表述，是文献记载与野外考察相结合，强调在全面掌握并悉心分析史料的基础上，再辅之以实地的考察，既考察地理形势，也考察相关的历史遗迹。

从学术研究方法演进的角度来看，由于过去有很大一部分学者只是局促于书斋，单纯计较于文字的考订，完全不顾实际的地理形势，不顾实际存在的古代遗存，因此，史念海先生所主张的野外考察，是对这一局限的匡正和补充，而不是对文献考辨分析的否定。利用文献记载和实行野外考察，二者之间是相辅相成的关系，而不是后者对前者的取代。

收在这部文集中的《史万岁南征路线重析》一文，是我在跟随史念海先生读硕士学位第二年的一篇习作。写这篇文章，是缘于史念海先生在1983夏带领我们几位研究生去西南地区的一次考察。这次考察的对象，是古代中原去往西南的交通道路。出发之前，先生即要求我们先花力气读书做功课，首先努力从文献中发现和提炼问题，再验之以山川形势。

为此，在一个多月的准备阶段，我集中思考了四川入滇通道的历史变迁问题，而对这一问题的深入认识，又集中到了隋代史万岁南征的往返路线上来。关于这一问题，向达、方国瑜等许多学者都做过探讨，但我在一一阅读相关文献之后，觉得基本的史实并未阐释清楚，仍有继续讨论的必要。

通过这次考察，我对相关山川形势有了更具体的了解，从而得以更为切实地理解地貌形态对川滇之间历史通道的制约和影响。更为重要的是，考察途中，真真切切地亲眼目睹了小相岭上连绵不断的雪峰，由此可以认定，史万岁收兵回师时所写诗句“盖天白岭胜金汤，镇压西南天半壁”，讲的必是这一条路线，从而更加清楚地阐明了川滇交通的变迁状况。

这篇小文章写出之后，得到史念海先生的肯定。先生特地说明，他所倡导的实地考察，就是要像这样先好好读书，再有具体针对性地身赴其地，考察特定的目标，绝不是脱离历史文献的记载而过分依靠所谓“考察”来解决历史地理问题。

如何看待野外考察在历史学，特别是历史地理学研究中的作用，还涉及在现代社会条件下人们如何认识历史，如何获取知识的基本理念问题。

在现代社会中，各个专门领域的研究，已经都相当专门，相当深入，学者在研究中若是需要利用自己学科领域之外其它相关学科的知识，最适宜的途径，应该是首先利用这些学科业已取得的专业成果，而不是像一个外行的棒槌一样去乱插横捅。就大多数历史学者，特别是历史地理学者来说，所谓野外考察，主要涉及两个学科领域的知识，一是地理学，二是考古学。

很多人以为，出门乱走一气，随便看上两眼，就能够弄明白地理，不把地理学看作是一门专门的学科。以这种态度来看待地理知识，自然会过度相信自己的“考察”。其实当前人们进行的绝大多数“考察”，所获取的结果，并没有逸出于地理学界已有的认识之外。其中有很多问题，只要翻看一下普通的地形图，就能轻而易举地解决，无需再多事他求；甚至到了现场，瞪着眼睛使劲看，反而不如看看地图，利用一下地理学家总结的情况更为清楚。一个人的目力是有限的，而与此相比，地理学家利用的研究手段是丰富的，即所谓“不识庐山真面目，只缘身在此山中”是也。

考古学的知识，更需要专门的训练。不具备基础的考古学知识而侈谈古迹古物的考察，很难取得有价值的成果。我认为，在历史地理学领域，侯仁之先生在研究乌兰布和沙漠变迁时所做的考察，最为可取。在这一研究中，侯仁之先生是特地邀请考古学家俞伟超先生与其合作，一同考察沙区的古代遗迹，所以才取得了非常切实的成果。在不具备相应条件的情况下，首先针对自己所要研究的区域或地点，尽量多阅读一些考古学者已经公布的勘察和发掘结果，也是一项有益的工作，往往会比盲目地前往现场获取更多有价值的信息。

如何对待读书治学与野外考察的关系，有时还会牵涉到对古代学人的评价问题。谈到野外地理考察，近代以来，世人往往对明末所谓“千古奇人”徐弘祖推崇备至，以为徐氏所为是具有近代科学意义的学术考察。在这一点上，我的认识与通行的看法颇为不同。我认为，徐弘祖之浪游天下，只是出于赏玩山水风光的目的。正由于他束书不观，徒然四方奔走，而并没有任何重大地理发现。《徐霞客游记》中对奇峰幽洞的记述，也与西方近代科学具有本质性的差异，不能不顾历史事实而一厢情愿地拔高。究其内在实质，徐弘祖的行为，不过是明末颓废“世纪病”的一种症候而已，同西门庆之纵情色欲，并没有明显区别。

文集中的《徐霞客史事二题》一文，即针对学术界通行的看法，讲述了自己不同的认识。所幸这一看法写出后，得到了谭其骧先生的高度认可和大力赞赏，并特地赐函予以鼓励。这极大地坚定了我不循流俗地独立思考问题的信心，努力实践自己认定的学术方法。附带说一下，关于徐弘祖其人其事，我一直想以“《徐霞客游记》与《金瓶梅》”为题写一篇论文，来具体说明对《徐霞客游记》内在实质的认识，可惜延宕日久，至今仍未能如愿。

上面拉拉杂杂地讲了很多，不一定适宜，也卑之无甚高论，但说的都是我的心里话，仅供读者了解而已。我的认识和实践，当然还存在很多弱点和缺陷，这只能在今后的读书和研究过程中，努力加以改进。

最后，在这里，我要向当年热情帮助我出版这部文集的责任编辑张忱石先生致以衷心的谢意，向支持此书出版的中华书局总编傅璇琮先生致以衷心的谢意。作为一个刚刚走入学界未久的年轻人，他们的帮助和支持，对我后来的进一步发展，起到了重大作用。这种情谊，是永远难忘的。

当然我要感谢帮助再版此书的王江鹏先生。前面一开头我就谈到，有朋友反映此书难以觅得，已经多年，我也苦于未能重刷再印，以满足读者的需求。前两个月，王先生主动相助，提出帮助再版，而且这么快就要印出了，这实在很让我兴奋，也很令我感动。最让我感动的是，王江鹏先生说，他正是因为收齐了我其他所有著作而尚且无法购得这本，才想到要帮我重印此书。没有王江鹏先生的积极努力，就没有这次再版的机会。由于身体的原因和事情较为忙乱，这次再版，我基本上什么也没做，全靠王先生代为处理一切繁杂的文字核校工作。需要说明的是，王江鹏先生除了帮我改正了一些笔误错字以外，文章的内容，一律未做更动。

还要感谢商务印书馆的上层主管，同意印行拙作。商务印书馆是中国现代出版业的第一标志性企业，也可以说是天下第一品牌。我一直期望能有机会在商务印书馆出版一本小书。这次虽然是旧作重版，也让我感到十分荣幸。不过得陇望蜀，但愿将来能新写出一部与商务印书馆名誉、地位相差不是太多的书稿来，有幸在这里出版。我也衷心期望商务印书馆能够全面恢复旧有的传统，在出版中国传统文化的书籍方面，绽放旧日绚丽的光彩，特别是能多出版一些用繁体字印制的书籍。

2017 年 11 月 7 日漫记

【附案】本文系敝人为商务印书馆 2018 年 3 月再版本拙著《古代交通与地理文献研究》撰写的后记。

我读《史记》的经历和对中华书局新点校本的校勘

各位朋友：

大家好！新的一年，刚刚开始，节日的气氛，还没有散尽，非常感谢各位朋友来到这里，听我讲讲自己阅读《史记》的经历和对中华书局新点校本《史记》的校勘。

老话说“一年之计在于春”。这个“春”，实际是指一年开头的时候。因为按照中国传统的历法，一年的前三个月，为春季，所以才会有“一年之计在于春”的说法。现在我们按照西洋的历法生活，一年的开头是公历的元旦，这也就是所谓“一年之计”开始的时节。

对于我们这些喜欢读书的人来说，总是感觉时间过得飞快。因为想读的书太多太多，而每过一年，能静下心来阅读的书籍，又实在太少太少。上苍给我们的时间，总是不够。没有办法，我们只能尽可能选取那些最好的书来读，而《史记》就是这样一本好书，是中文书籍中排在首选之列的必读书籍。

中国中小学的“语文”教育，一向由学中文的专家来组织和安排，因而也就一向偏重单纯的所谓“文学”色彩。于是，在这帮人的操弄下，一谈起中国古代的著述，世人总是首先想到古典文学中的所谓“四大名著”。其实与这古典文学“四大名著”比起来，《史记》显然更为重要，甚至也有更高的文学价值，青少年完全应该，而且可以先于所谓“四大名著”来了解《史记》，阅读《史记》。

在中国古代汗牛充栋的各种著述中，《史记》的地位相当崇高，价值也十分重要，但由于成书年代较早，在流传过程中造成很多文字舛讹。所以，宋代开始雕版印刷《史记》的时候，就对这些文字讹误做过系统的校勘。在此之后，历朝历代，都有一批学者，踵继其事，勘讹订误，但也在翻刻重印的过程中，衍生很多新的讹误。相比较而言，清代学者对《史记》所做的校勘最为丰富，最为深入，也最为重要。我们今天阅读的以中华书局点校本为代表的当代《史记》版本，就是充分吸收清代及其以前历代学者校勘成果所确定的文本。当然，在中华书局点校本所吸取的已有校勘成果中，也包含许多晚近以来学者新近提出的校勘意见。

现在，不管是初读《史记》的青少年，还是学养深厚的文史专家，在阅读和利用《史记》时，都离不开这些已经取得的校勘成果。而我在这里将要向大家介绍的我对《史记》的校勘工作——我刚刚出版的这本《史记新本校勘》，也是想为读者提供一些参考，以帮助人们更好地看到《史记》的本来面貌。

与《史记》这部经典的重要性相比，与前辈学者，特别是清代学者对这部书所做大量而又深入的勘订相比，我对《太史公书》的了解相当有限。为使各位朋友对我写这本书的背景多有一些了解，下面就把话说得远一点儿，先从我阅读《史记》的经历谈起，然后再具体介绍一下我的校勘工作。

一

中华书局的旧点校本《史记》出版于1959年9月，这时我刚出生，或许还没满月。而我开始读到这部书的时间，是在高中的最后一年，这是1976年到1977年之间的事情，距离它的出版发行，已经十七年了；我的生命，也在东北苍凉的荒野上度过了十七个春秋。

现在很多年轻的朋友，对我度过的那个少年岁月的印象，或许是一派文化荒漠的景观；我生长的东北边地，更宛如荒漠中的戈壁，简直寸草不生了。这种印象，固然不错，总体的文化环境，确实如此。但在那个荒唐的年代，因为没有现在那么普遍、那么绝对、那么难以回避的功利驱迫，读书反而更能随心所欲，可以尽情读一些自己想读的书籍。

当然，首先你得有书可读，而我的家乡呼伦贝尔，那是逃难拓荒者落脚的地方。远方的天际线上，虽然时常会显现七色的彩虹，但空气中嗅到的只有野草的气息，绝没有什么书香。在这样的社会环境下，我能够读到《史记》，完全是受惠于我的父亲，有很大的偶然性。

我父亲受教育的程度并不高，中专毕业；学的是财会，也与文史无关。不过他很爱读书，喜欢阅读文史书籍。1976年，父亲转调工作，来到海拉尔市。秋季开学，我随之转学，进入海拉尔市第三中学读书。这也是我高中的第二年。

由于兼管单位的工会工作，爸爸就张罗着给单位工会的图书室置办了一些书籍，其中就包括中华书局出版的《史记》和《汉书》等文史典籍。我并不能全面知晓这个图书室里到底都有些什么书，不过当时已经出版了的中华书局本“二十四史”的零种，应该都齐全了，因为听爸爸说到过，他要通读这“二十四史”。另外，从《中西交通史料汇编》这么专门的书籍中也可以看出，爸爸给这个图书室配备的书籍，档次实在不低。

爸爸阅读“二十四史”，是从《史记》开始的。他是一本一本地借了回来，下班以后在家里看，同时穿插着看的还有《汉书》。当时中学只上半天课，下午通常没事儿，于是我就翻看爸爸留在家里的《史记》和《汉书》。

各位朋友一定想要问我：是不是能够读懂？读书之懂与不懂，永远是一个相对的概念。对于像《史记》这样的古代经典来说，尤其如此。那时我对太史公文字的理解，当然远远达不到现在的程度，只是像从小就学简化字的小学生去读繁体字的长篇小说一样，略知其大意而已。

虽说是囫囵吞枣，不可能清晰准确地理解太史公的文句，但我还是很认真地对《史记》做过一番“功课”。这个“功课”，就是从《史记》和《汉书》中摘录了很多四个字的短语，作为自己的“成语”储备词库。

做这种事的缘由，是在当时荒芜的图书市场上，流行有一本《汉语成语小词典》，里面收录的“成语”，大多是古书中常见的四字短语。而我一读《史记》《汉书》，竟然发现里面有很多同类，甚至更好的“成语”却没有被这本《小词典》收载，犹如发现一片新大陆一样，真是幸何如之！当时到底抄了多少这样的“成语”，我也说不出个具体的数字，终归是把一个塑料皮笔记本记得满满的。

干这种寻章摘句的勾当，目的本来就不是深入理解《史记》，认识《史记》，当然无助于真正切入书中所记述的内容，甚至无助于对太史公的记述形成一个总体的印象。但在摘录过程中，毕竟需要尽可能准确地理解一下这句话究竟是个什么意思，这样以后才能在需要时运用这个“成语”。这意味着在最初接触《史记》的时候，我是比较关注具体字句的，尽管这种关注相当肤浅，连“半懂不懂”都谈不上。

这个抄录《史记》《汉书》中的“成语”的笔记本，早已不知哪里去了。这种经历，对我后来从事古代历史的研究，也没有什么直接的作用，更谈不上养成了什么学术方法。只是反映出我是一个很笨拙的人，看书不能一下子就把握住其宏观大旨，而很容易拘泥于具体的字句，更倾向于先尽力读懂具体的字句，再慢慢琢磨文字背后的历史事项。

这大概是一种很没有出息的天性吧。现在我在北京大学给研究生讲目录学、版本学课程，总是告诫听课的同学：你们若是有志向当大师，就千万不要拿目录、版本当一回事儿，不能拿这些知识当真，甚至不要读太多史料，因为学这些知识，会耗费你很大精力，没等学会多少，岁月就悄悄溜过去了。当今研究中国古代历史文化的所谓“大师”，从中国，到世界，是没有人去花费这种傻力气的。

不过我从来没有什么雄心大志。“大师”巍乎高哉，即使喝醉了酒，也从来没有敢想过。我只想做个学习、探究中国古代历史的“匠人”，其志也小，其愿也卑，什么有意思就学些什么，什么有吸引力就琢磨些什么，而通过自己眼睛所看到的具体文字记载来认识历史，解读历史，正是我觉得历史最富有魅力的地方。

二

以后再读《史记》，主要是读研究生以后的事情了。因为在中学期间已经大致翻过一遍，所以在大学期间没有专门去看《史记》。大学期间稍微花费一些时间读过的史书，主要是《左传》，但也只是很一般地看看。另外，因为想学历史地理，尽可能到图书馆借阅过一些古代地理名著，如《水经注》《读史方舆纪要》等。

读研究生的时候，硕士论文是写汉唐期间长安城的交通地理问题，当然要读《史记》和《汉书》。再后来是到北京中国社会科学院历史研究所工作以后，又持续做了一段时间秦汉之际军事地理问题的研究，《史记》更是最基本的史料。接着到北大教书，又研究秦汉时期的政区和边界地理问题，西汉和新莽时期的年号的问题，写《制造汉武帝》，写《海昏侯刘贺》，等等，一直没有离开《史记》和《汉书》。由于反复翻检，手头的《史记》和《汉书》，每一册都早已散开（当然这也与书籍装帧质量实在太差有关）。

现在有很多学者，往往是按照某种既定的西方社会科学方法来选定问题，研究问题；或是按照某一学术前辈运用过的研究范式来看待史事，剖析史事。这样的学者，至少其中有一部分人，是十分轻视史料的阅读分析的，不愿意通过史料的阅读来发现问题，提出问题。受这样的学术风气影响，很多年轻的朋友，一接触历史研究，就更注重史学研究的方法而对阅读史籍缺乏兴趣，甚至毫无兴趣。

下面举两个我在北大历史系参加研究生入学面试时经历的“故事”，来具体说明这一点。

第一个“故事”，是一位考秦汉史专业的学生。这位考生的父亲就是研究秦汉史的大学教授，家里书架上当然会有《史记》和《汉书》。可是，他却从来没有想到要翻阅一下这两部史书。这位考生品质很好，老老实实地讲道，他就是没想看，也就是一眼也没看过。

第二个“故事”，是一位考魏晋南北朝史专业的考生。这位考生本科的专业是古典文献学，而且是在一所很好的大学读书。可是，大学四年，却从未翻阅过魏晋南北朝的“正史”，也就是《三国志》《晋书》《南史》《北史》《宋书》等所谓“八书二史一志”。

现在的本科生没有读过这些基本史籍本来也算是正常的，但让我吃惊的是，他们在本来唾手可得的情况下却竟然对阅读基本史籍没有一点儿兴致，没有一点儿好奇心。与此同时，这些同学又颇为喜欢大谈特谈陈寅恪先生、田余庆先生等前辈学者的学术观点和治学方法。这种好尚，让我感觉非常怪异，甚至可以说实在“不可思议”。他们只是刚刚准备入门的学生，即使是按照我的看法，认识有所偏差，将来也有改变的机会和可能。问题是他们身后轻视史料阅读分析的学术环境，是他们在这种学术环境下所接受的影响。

在历史研究的方法上，我的爱好和想法，与这类学人有很大差别。在没有覆核其使用的主要史料之前，通常是不会简单崇信任何一种学术观点的，更不会人云亦云地盲目崇拜任何一位学术前辈及其研究学术问题的方式和方法。

对待前辈著名学者的重要学术观点，看史料与不看史料，感觉有时会有很大不同。譬如我写《制造汉武帝》，就是因为仔细审读了司马光写《资治通鉴》所依据的更原始的史料，辨析了市村瓒次郎、田余庆等学术前辈展开论述的依据，才指出《资治通鉴》刻意“建构”史事的严重问题，同时也指出当今市村瓒次郎等世界各地学者依此得出的观点根本不能成立。

作为一代大政治家编纂的重要政治著述，司马光在《资治通鉴》中如此“建构”史事，我不仅非常理解，在很大程度上也欣赏并且赞成他的政治取向。但我对现代很多学者出于学术研究的追求而努力“建构”自己所理解或者可以说是他们自己所期望的某种概括的“体系”，却不以为然。历史是极其丰富而又相当复杂的，任何简单的概括，恐怕都只能是片面的，我们看到的具体情况，更多的是严重偏离甚至背离历史实际的。看起来似乎很美，实际上往往很苍白。

过去陈垣先生常常讲："读书少的人，好发议论。"（见牟润孙《励耘书屋问学回忆》，收入《励耘书屋问学记》）在我看来，过分追求抽象的"概括"乃至"建构"，实质上也同空泛的"议论"差不多，道理都是一样的。这个话，讲得不一定十分全面，一些人可能也很不喜欢听，但读书越多，越是切入古书中的具体问题，考虑到的因素就会越加复杂，就会越加明白自己不懂的东西比已经弄懂的东西要多得很多，想从历史中"建构"出来点儿什么，难度确实会越来越大，心理上的障碍也会越来越多；或许有那么一天，会多少考虑一下：自己的做法是不是有些盲目？

我从读研究生时起利用《史记》《汉书》等史籍所做的研究，都是很具体的研究，努力切入实质性的问题。这样为研究特定的问题而阅读《史记》，更要从细处着眼，关注具体历史活动的细节和历史文献的具体字句，即遵循业师史念海先生和黄永年先生的教诲，努力"读书得间"。这样讲，并不意味着放弃对宏观状况的认识，而是在总体性、一般性的背景下，努力解决每一个疑难的历史问题。

这些问题是客观存在的，老老实实地读书，就会发现它就摆在那里，你不能对它视而不见；而只要老老实实地读书，尽量拓展视野多读些书，多学习一些平平常常的历史知识，恐怕也就不会一味苦心"建构"，想入非非。

我这些利用《史记》《汉书》所做的学术研究，往往会不同程度地涉及对《史记》文本的校勘，其中比较有代表性的论文，如《论所谓"垓下之战"应正名为"陈下之战"》《阴山高阙与阳山高阙辨析》《秦始皇禁祠明星事解》等，读过的朋友，对此自有清楚的了解。

正因为如此，中华书局新点校本《史记》篇末附列的《主要参考文献》中，才会载有拙作《秦汉政区与边界地理研究》和《旧史舆地文录》两书。这当然是我的荣幸，很感谢中华书局主事人员关注到敝人这些研究并予以重视。

我想在这里说明的是，我在过去所做的这些研究工作，是我能够在较短时间内对中华书局新点校本《史记》提出一些不同意见并出版这部《史记新本校勘》的重要基础。同时，由于我在过去的研究工作中一向比较重视文献学的基础，重视古籍版本问题，从而在多年的学习、教学和研究工作过程中，陆续积累并熟悉了一批相关的资料，因而骤然之间接受、介入这样的校勘工作，基本的史料还算便利，这才能够顺利上手并及时提出自己的意见。

三

虽然我对《史记》一直比较关心，而且自从走入学术领域以来，也一直在利用《史记》从事相关的研究，重视《史记》的文本问题，但从来没有想过要去专门校勘《史记》。这主要是因为自己对《史记》还有很多很多地方怎么读也读不懂，也是因为《史记》这部书太重要了，关系到上古以讫汉武帝时期中国历史的方方面面，做不了而强做，会造成很消极的影响。

那么，现在为什么又有了《史记新本校勘》这部书呢？

首先，这不是对《史记》的系统校勘，甚至连系统的点读都远远达不到，只是针对全书当中的很少一小部分文字，提出了自己的点读和校勘意见。简单地说，是能校一点儿就校一点儿；不能校的，即使觉得需要勘正，也说不出个所以然了，就躲开不谈。能力使然，不得不如此。

另一方面，即使我对中华书局新点校本的某些文句别有看法，若是没有特殊的缘由，我也不会专门去做校勘的事情。一者，我有很多更感兴趣的专题研究要做，不想为此花费时间；二者我性格比较急，耐不下性子去做这种琐碎的文字校订工作。——我接触并开始这一事宜，是缘于中华书局主事者的委托。

我们现在看到的中华书局新点校本《史记》，先后共有三个版本：2013 年 8 月出版的“征求意见本”、同年 9 月正式出版发行的精装本和2014年8月修订出版的平装本。我在这本《史记新本校勘》中考辨的问题，所针对的分别是上述几个不同的版本，而最初动手从事这样的工作，是在“征求意见本”付印前参与审阅一部分清定待印的稿件。

中华书局这次重新修订点校“二十四史”，工作十分审慎。为确保修订工作的质量，在即将付印前不久，邀约一批学者，分头帮助审读一部分篇章。承蒙中华书局领导信任，也让我承担了一部分审读的工作。由于自己学识浅陋，参与勘定如此重要的历史典籍，不能不感到诚惶诚恐，但新点校本付梓在即，只能尽心尽力，提供所知所见，给点校者参考，以求尽量减少一些点校的失误。结果，在很短的时间里，写成了一篇五万多字的审读报告，交付给中华书局。这就是本书的第一篇《付印前初稿审读》。

不知是不是因为时间过于紧张了，2013 年 8 月印行的“征求意见本”，并没有采纳我这篇审读报告所提供的意见。不过中华书局方面仍然嘱咐我为这个“征求意见本”提供审校意见。初次审读时，我仅读到很少一部分卷次的待印稿件。读这个“征求意见本”，才看新点校本的全部内容。但由于该书正式发行在即，时间极为紧迫，只能就其可能，奋力为之，在非常有限的时间内，又向中华书局提交了一篇九万多字的审校报告。这就是本书的第二篇《征求意见本校阅》。

紧接着在2013年9月首度正式发行的精装本《史记》，总的来说，采纳了我这两篇审读报告中的绝大部分意见。

然而，由于所涉及的问题往往比较复杂，而且大多数文字正误的审度，都涉及实质性内容的是非，是此是彼，影响到人们对很多历史问题的认识。相应地，我倾其所能，尽量做出充分、详尽的考辨分析，同时也表述了我对相关学术问题的看法。对于那些深入阅读《史记》的读者来说，不仅仅需要知道新点校本所展现的文字，同时还需要全面了解我的论证过程，才能做出从违取舍的判断，同时还能了解我对相关学术问题的认识。因此，我觉得仍有必要保留并刊发、出版这些文稿。

校勘古籍，是一项令人遗憾的工作。昔明人李维桢尝云："校书犹扫落叶，随扫随有。"(《明文海》二五〇李维桢《范文正公集补遗跋》)永远没有什么人能够毕其功于一役。校勘《史记》，其难度之大和影响之巨，在中国古代典籍中都是比较少见的，因而尤须慎重其事；同时，也需要众多学者，从各自熟悉的学术领域和具体问题出发，贡献意见。这两次承命审读书稿，使我注意到，中华书局新点校本确实还存在一些值得进一步斟酌的问题。这不是指无关宏旨、可此可彼的字句和读法，而如同我在这两次审读中所指出的各项问题一样，都涉及很重要的史事。不同的文字和句读，提供给读者的会是两种截然不同的《史记》，人们会看到两种完全不一样的史实。

于是，在获读正式印行的2013年精装本和2014年对此本极个别语辞稍加修订再印成的平装纸皮本后，我又利用教学和研究工作的余暇，对这两个印本随意稍加翻检，从而注意到一些新的问题，先后撰写了两篇校勘文稿。这就是本书的第三篇《初印精装本勘正》和第四篇《再印纸皮本补斠》。

后来，在《文史》上读到新点校本主持人连续发表的一组说明性文章，了解到新点校本中一些重要勘改的处理缘由，便又针对其中部分问题，提出了自己的不同看法，这就是本书的第五篇《点校意见异议》。需要强调指出的是，在读到这些说明性文章之前，我是无法清楚、全面地理解中华书局新点校本《史记》中相关内容的勘改理据的，因而也就难以很好地表述我的不同看法。

如前所述，我对《史记》一书并没有系统、深入的研究，只是在利用《史记》从事史学研究过程中逐渐对一些文句略有体会和理解，并把这些体会和理解写了出来，形成了《史记新本校勘》这本书。我在这本书中谈到的想法，不一定妥当，仅供高明者参考而已。不过，基于我的兴趣和学术责任，今后在阅读太史公书研治学问的过程中，遇到需要校雠的文字，我还会为完善《史记》的版本再尽一点力量。

最后我想在这里向各位朋友说明，我这本小书虽然以“校勘”为名，书中涉及的也确实都是《史记》文本的校勘问题，但具体运用的校勘方法，与古籍整理中通行的做法是有明显差异的，一些朋友对此可能比较关心。另外，书中一些比较有代表性的事例，或许也有朋友希望我能做出更具体、更详细的讲述，或是谈一些由此引申出来的话题（例如，要是依从我对《六国年表》《秦楚之际月表》的校勘结果，田余庆先生《说张楚——关于“亡秦必楚”问题的探讨》一文的基本观点恐怕已经难以成立）。还有中华书局这次修订“二十四史”工作中所涉及的一些共同性问题，譬如怎样更加合理地确定书名并印制书名，譬如怎样更加妥善地选用参校的版本，等等，我想在座不在座的朋友，说不定都会有人愿意听听我的看法。

但今天是本书首发之际与热心读者朋友的第一次见面，只能粗略地向大家谈谈我与《史记》校勘的一般情况，没有办法详细展开论述。以后若有合适的机会，我非常愿意与感兴趣的朋友交流。

今天就讲到这里了。谢谢各位朋友。

2018 年 1 月 13 日下午讲说于北京涵芬楼书店

《史记新本校勘》有点潮

——关于它的书签的事儿

拙作《史记新本校勘》问世了，这几天也陆续上市了。拿到书的朋友，或许对封面书名的字体，有些好奇。

不管读者觉得好看还是难看，我都要先感谢广西师范大学出版社。我曾在北京遇到一家出版社，封面绝不允许作者有任何想法，绝不能请人题字，径由出版社找他们的关系户设计，设计成啥德行你都得受着。现在每一次看到那部书的封面，身上都起鸡皮疙瘩。书有些像自己的孩子，总希望它看起来可心一些，但在正常情况下，遇到一家精神正常的出版社，出书又应该比生孩子好控制一些，可以尽量把它妆点得像个样子。

《史记新本校勘》是我自己比较看重的书，当然希望它能长得有模有样的。

第一部论文集《古代交通与地理文献研究》，是由业师黄永年先生题写的书名。商务印书馆即将帮我重印这本书，虽然做了新的封面，但说好了，还保留原来的书签。

业师黄永年先生为《古代交通与地理文献研究》题写的书名

以前我在中华书局出版《建元与改元》的时候，也是因为自己看重，请著名书法家刘涛先生题签。封面、封底的基本构图，则是由我的学生周雯帮助设计。后来中华书局的美编也很尊重我的意愿，在此草稿基础上最终形成定稿。效果，我当然非常满意。

刘涛先生年龄也不小了，不宜多劳累；加上声望高，事情自然很忙，就不便再劳扰。这次出版《史记新本校勘》，我想集录一个书签，让它有些特色。

《建元与改元》的封面和题签

《建元与改元》封底

首先想到的是汉碑。但试了一下，效果不太好。不仅缺字，还无法从风格相近的汉碑中辑得，只好放弃。

接着，故技重施，试着从旧刻本中集录。过去在中华书局出版的《读书与藏书之间》，我用的就是这个办法，从莫友芝的《宋元旧本书经眼录》里辑出了书名用字。至于《读书与藏书之间》的图案，是我选用的寒斋所藏日本翻刻本《纫斋画剩》。

尝试辑自汉碑的书签

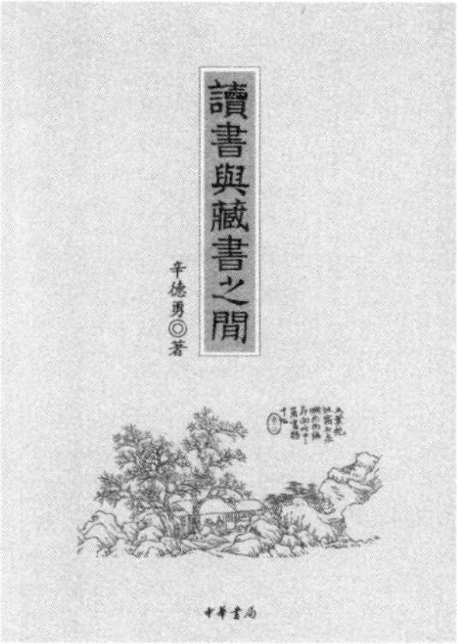

《读书与藏书之间》封面

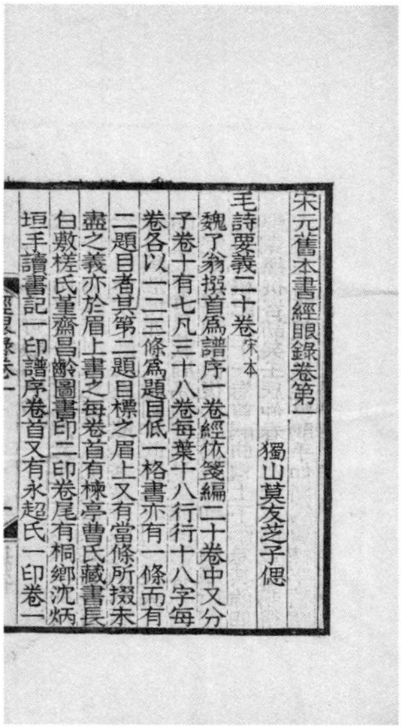
宋元舊本書經眼錄卷第一　獨山莫友芝子偲
毛詩要義二十卷宋本
魏了翁撰首爲譜序一卷經依箋編二十卷中又分
子卷十有七凡三十八卷每葉十八行行十八字每
卷各以一二三條爲題目低一格書亦有一條而有
二題目者其第二題目標之眉上又有當條所摭未
盡之義亦於眉上書之每卷首有棟亭曹氏藏書長
白敷槎氏堇齋昌齡圖書印二印卷尾有桐鄉沈炳
垣手讀書記一印譜序卷首又有永超氏一印卷一

莫友芝《宋元旧本书经眼录》正文首页

这次我选用的是清末吴氏家刻的吴汝纶文集《桐城吴先生文集》。因为这部书的字体，也很有特色。

桐城吴先生
文集
門人李嘉肆
敬題

《桐城吴先生文集》内封面

臺箴　文集第一
昔在三后直言是輔導於卿士庶人瞍瞽有懦不失招
之以鼓彼辯亂政其吭則斧諫為專職始東郭牙厥有
言責子興是區降秦及明獬冠菡菡孰回而崇款匡而
圯唐宋悴荒式爽厥聰令以風聞而辱臺是觼使巫論
藥祝議匠作有閑而口法隨汝後既挺乃急哆侈罔極
厥主弗寤匪訐惟直曰予不自聖汝罔或默直不可以
驟求枉不可以亟收庬言雍離用墟厥居故鄂鄂以興
亦喋喋以崩仰覽前辟度言用繩後世失厥衡乃替乃

《桐城吴先生文集》内文首页

最初辑出来的素材，是这样的：

从《桐城吴先生文集》集录出来的书名用字原样

广西师大出版社充分尊重我的想法，经美编设计加工出来的封面就是这样的了：

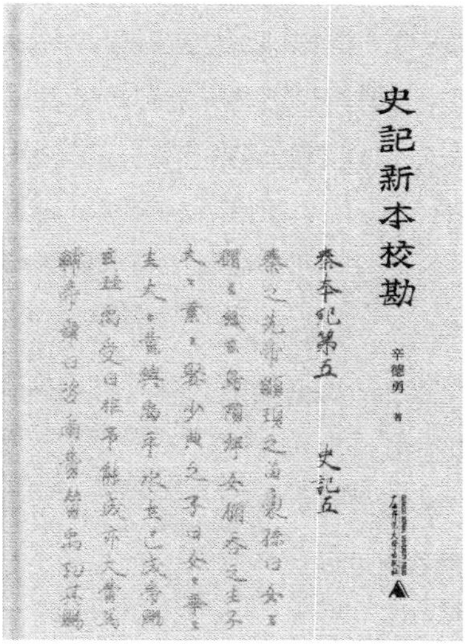

《史记新本校勘》封面

最终的效果，我非常喜欢，可以说，好得超出了预想之外。当然，审美的事情，人与人之间，差异很大，也许有的读者并不十分喜欢，但知道我自己很喜欢就好了。

能不能从其他旧刻本中选字呢？或许会有更好的选择，但我希望最好是从我自己的藏书中选择，这样对我更有一番特别的意义（以前《读书与藏书之间》用的《宋元旧本书经眼录》就是我自己的书）。而我蓄藏的旧本有限，实在没有太多选择的余地。

那么，用影印本呢？这倒是一种不错的思路。我曾考虑过用影印宋本的《史记》，首先想到的就是百衲本“二十四史”影印的黄善夫书坊合刻三家注本。但试了一下，效果太平常，不是很有特色。

当时扫描的字，在电脑中已经删除了，没法提供效果样给大家看，但今天发现偶然留存的一些扫描废叶，随便从中剪下来几个字，和现在的书签放在一起，比较一下大家就知道了——这种字体确实不大好看，怪怪的。

换个方式摆一摆，还是不大好看，怎么看，怎么怪：

看起来真的不是什么东西想潮都能潮得起来的，还是罢了。

2018 年 1 月 15 日记

《史记新本校勘》与《史记》的大众阅读

【说明】本文为作者接受《中国青年报》记者书面采访的文稿，正式刊发于2018年4月13日《中国青年报》的“国学·书院”栏目上。刊出时略有改动。

【中国青年报】

《史记新本校勘》出版后，引起社会上很多人关注，同时也引发人们对《史记》文本和校勘问题的思考。与此相关的问题有很多，希望有机会你能来详细谈一谈自己的看法。不过我们今天想先请你谈一个比较简单的问题。

今年年初，你在涵芬楼书店的讲演中谈到，《史记》是一部重要的中国古代经典，在史学和文学等各个方面都具有重要价值，青少年应该注重了解和阅读《史记》，其地位甚至可以先于古代文学的所谓“四大名著”。那么，能不能请你先谈一下你的这本《史记新本校勘》对《史记》的大众阅读有什么帮助？

【辛德勇】

广西师范大学出版社帮助我出版的《史记新本校勘》，是一部很专门的学术论著。严格地说，它不是为大众阅读而撰写的。但这并不等于就和《史记》的大众阅读没有关联。

谈起这一点，会牵涉到很多问题。首先，我们应该合理地对待社会大众对中国古代经典的阅读，不能简单地把白话选译本或者节选注释本等同于大众读本。

【中国青年报】

那么，你是怎样看待这一问题呢？

【辛德勇】

《史记新本校勘》出版后，很多年轻的朋友，在我的微信公众号“辛德勇自述”下留言，询问一般非专业人士业余阅读《史记》选用什么样的版本好。我告诉大家，最好的读本，是中华书局出版的点校本。

看了我的介绍，也许很多人会感到诧异：中华书局的点校本不是专供专家学者研究使用的版本么？普通读者怎么能够读得懂呢？

首先，这种想法不一定符合实际情况。

所谓“大众阅读”，在什么情况下都不会是“全民阅读”。“大众”这个范围很大，一方面，人们的阅读是分为不同层次的；另一方面，在现代社会中，个人的价值和兴趣取向也会有很大差别。这就会导致社会大众中每个人对阅读的选择会有很大不同。

我理解，一部书，超出于专门从事学术研究的学者之外，还有比较大的一个群体在看，就可以说是实现了大众阅读。

中华书局的点校本《史记》，过去的印量我们不谈，只看最近完成的新修订本，2013 年 9 月正式推出的第一次印本，一下子就印了两万册；2014 年 8 月的第二次印本，又印了两万册。这么短的时间内连续印了四万册，其读者自然已经大大超出了专家者流的范围，没有大众阅读，怎么会有这么大的市场。这是切切实实存在的大众阅读。

其次，中华书局的点校本，本来就是一种为大众阅读提供的文本。这一点，不仅社会大众不了解，就是专业的文史研究人员，很多人也都不够了解。

当年中华书局出版点校本“二十四史”的目的，本来就是要向社会提供一种便于大众阅读的文本。至于专家研究的需要，当时另有解决的办法。一是直接使用未经标点的古刻旧本，这样的版本，在市场上还很容易买到；二是另行点校出版一套汇注汇校性质的文本，诸如泷川资言《史记会注考证》、王先谦《汉书补注》和《后汉书集解》等。但一来时世变幻，古刻旧本日益稀见，拟议中的专家用本始终也未能付诸实施；二来这部本来是要用作大众读本的点校本，其校勘质量，总的来说又比较高，得到学术界的认可。于是，大众读本最终就变成了专家用本。

不过这就像社会大众和专家学者都吃五谷杂粮一样，不能因为专家吃了可口，社会大众就一定难以下咽。对包括《史记》在内的整套“二十四史”，社会大众该怎么读，还是怎么读，与专家的阅读是两不相妨的事情。

这不是我一个人信口开河，随便瞎说，最近在新修订“二十四史”工作过程中披露的档案材料，可以确实地证明这一点（见《点校本“二十四史”及《清史稿》修订工程简报》第41期载《二十四史整理计划》。实际的计划，比我这里说的还要复杂很多，如《史记》尚嫌泷川资言的《会注》不好，要在此基础上再新编一部《史记集注》）。而新点校本前面附印的《点校本二十四史及清史稿修订缘起》，也清楚讲述说当年的“点校本出版之后，以其优秀的学术品质和适宜阅读的现代形式，逐渐取代了此前的各种旧本，为学术界和广大读者普遍采用”，“普遍采用”这一版本的“广大读者”，不是“大众”是什么？

【中国青年报】

你说的虽然很有道理，但当年国家为便于大众阅读《史记》等“二十四史”而特地组织众多专家出版这么庄重的版本，还是会出乎很多人的意料之外，特别是现在的青少年读者，你能再具体阐释一下相关的社会文化背景么？

【辛德勇】

好的，我举一个具体的例子，大家就会明白，为什么这样的《史记》，能够成为社会大众的读本。

很多人都知道，我是跟从黄永年先生学习历史文献学和一般历史学知识的，而黄永年先生的文献学素养，在并世学者中是出类拔萃的。但绝大多数学者了解和阅读的黄永年先生的著述，并不十分全面。现在很少有人知道，黄永年先生在年轻的时候，还写过一些通俗的普及历史知识的著作，其中就有一种是《司马迁的故事》。

这本小书出版于1955年8月，署名“阳湖”。那一年黄永年先生刚刚三十岁，我还没有出生，中华书局的点校本《史记》则问世于此后四年，亦即1959年9月。在这部《司马迁的故事》的末尾，黄永年先生特别写道：“有关司马迁本人的传记材料虽然不多，可是《史记》却是一部完整的著作，里面包含了司马迁的全部思想和感情。因此司马迁和他的《史记》是不可分割地、密切地结合在一起的，司马迁的整个精神面貌是鲜明地凸现在《史记》里的。”正因为如此，黄永年先生便以《史记》为基本素材来撰写这本小书，而且在书中每一节，都要引录一大段《史记》的原文，来更直接、更具体地表述他所要告诉给读者的内容。

这本小书，在当时的印刷数量是一万八千一百册，要不是接下来发生所谓“反右”运动，把黄永年先生定作“右派分子”，当然还会重印更多。黄永年先生当年以这种形式来撰写大众通俗读物，就说明那时具有一定文化程度的读者，阅读《史记》原文，是没有太大困难的。

这件事情，可以很形象地说明当时图书市场的情况。其实《史记》等“二十四史”的点校工作，初始的动机，同先主席的个人阅读需求是具有直接关系的。先主席虽然读过很多古书，但毕竟不是从事专门研究的学者，他有自己独特的读法，相对于文史研究专家，当然只是很普通的社会“大众”而已。

正是这样的社会文化背景，决定了当年中华书局出版的点校本《史记》以及整套“二十四史”，起初是以社会上非专业的一般人士作为发售对象的。

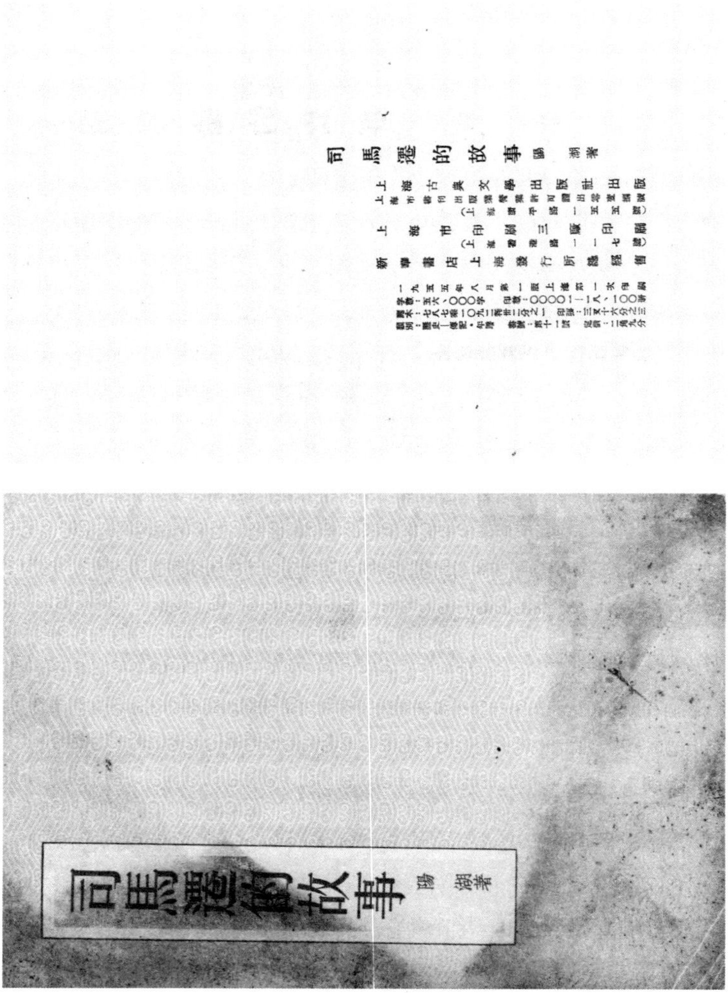

《司马迁的故事》封面及版权页

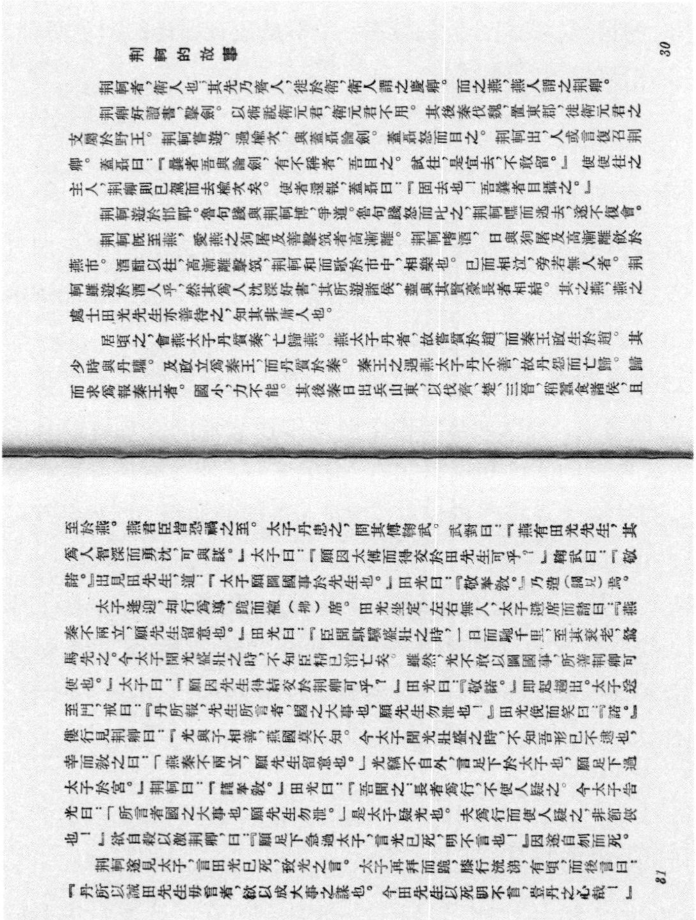

荊軻的故事

荊軻者，衛人也，其先乃齊人，徙於衛，衛人謂之慶卿。而之燕，燕人謂之荊卿。

荊卿好讀書，擊劍。以術說衛元君，衛元君不用。其後秦伐魏，置東郡，徙衛元君之支屬於野王。荊軻嘗遊，過榆次，與蓋聶論劍。蓋聶怒而目之。荊軻出，人或言復召荊卿。蓋聶曰：『曩者吾與論劍，有不稱者，吾目之。試往，是宜去，不敢留。』使使往之主人，荊卿則已駕而去榆次矣。使者還報，蓋聶曰：『固去也！吾曩者目攝之。』

荊軻遊於邯鄲。魯句踐與荊軻博，爭道。魯句踐怒而叱之，荊軻嘿而逃去，遂不復會。

荊軻既至燕，愛燕之狗屠及善擊筑者高漸離。荊軻嗜酒，日與狗屠及高漸離飲於燕市。酒酣以往，高漸離擊筑，荊軻和而歌於市中，相樂也。已而相泣，旁若無人者。荊軻雖遊於酒人乎，然其爲人沈深好書，其所遊諸侯，盡與其賢豪長者相結。其之燕，燕之處士田光先生亦善待之，知其非庸人也。

居頃之，會燕太子丹質秦，亡歸燕。燕太子丹者，故嘗質於趙，而秦王政生於趙，其少時與丹驩。及政立爲秦王，而丹質於秦。秦王之遇燕太子丹不善，故丹怨而亡歸。歸而求爲報秦王者。國小，力不能。其後秦日出兵山東，以伐齊、楚、三晉，稍蠶食諸侯，且

30

至於燕。燕君臣皆恐禍之至。太子丹患之，問其傅鞠武。武對曰：『燕有田光先生，其爲人智深而勇沈，可與謀。』太子曰：『願因太傅而得交於田先生可乎？』鞠武曰：『敬諾。』出見田先生，道：『太子願圖國事於先生也。』田光曰：『敬奉教。』乃造（謁見）焉。

太子逢迎，卻行爲導，跪而襒（拂）席。田光坐定，左右無人，太子避席而請曰：『燕秦不兩立，願先生留意也。』田光曰：『臣聞騏驥盛壯之時，一日而馳千里，至其衰老，駑馬先之。今太子聞光盛壯之時，不知臣精已消亡矣。雖然，光不敢以圖國事，所善荊卿可使也。』太子曰：『願因先生得結交於荊卿可乎？』田光曰：『敬諾。』即起趨出。太子送至門，戒曰：『丹所報，先生所言者，國之大事也，願先生勿泄也！』田光俛而笑曰：『諾。』僂行見荊卿曰：『光與子相善，燕國莫不知。今太子聞光壯盛之時，不知吾形已不逮也，幸而教之曰：「燕秦不兩立，願先生留意也。」光竊不自外，言足下於太子也，願足下過太子於宮。』荊軻曰：『謹奉教。』田光曰：『吾聞之：長者爲行，不使人疑之。今太子告光曰：「所言者國之大事也，願先生勿泄。」是太子疑光也。夫爲行而使人疑之，非節俠也！』欲自殺以激荊卿，曰：『願足下急過太子，言光已死，明不言也！』因遂自刎而死。

荊軻遂見太子，言田光已死，致光之言。太子再拜而跪，膝行流涕，有頃，而後言曰：『丹所以誠田先生毋言者，欲以成大事之謀也。今田先生以死明不言，豈丹之心哉！』

81

《司马迁的故事》之《世传的历史家》一节引录《史记·刺客列传》

【中国青年报】

你讲的这些是很生动，也很有说服性，但这是当年整理点校《史记》时的情况，我们今天的读者，是不是还有那样的旧学基础，能够接受这样的《史记》原本？

【辛德勇】

前面我已经谈到，新修订本短短不到一年时间就印刷了四万册，市场的实际状况，已经给出了很好的回答：社会大众是能够接受并且也很喜欢阅读这样的《史记》原本的。

不过要是和20世纪50年代相比，现在的情况确实有了很大变化。这种变化，表现为新旧两个时期中接受过同等程度教育的人，对古代典籍的阅读和理解能力，总的来说，明显有所降低。这一情况，对社会大众接受点校本《史记》这样的典籍，自然会有一定影响。

可是，在另一方面，随着社会的发展，高等教育日益普及，今天中国人接受教育的总体程度，较诸20世纪50年代，已经大幅度提高，这就意味着能够接受中华书局点校本《史记》的一般读者，只会比昔日增多，而绝不会减少。

【中国青年报】

和20世纪50年代相比，现在一般社会公众阅读像中华书局点校本《史记》这样的古代典籍，还会遇到一个当年所没有的困难，这就是大家上学学的都是简化字，骤然去读竖排的繁体字，识字或许都存在很大困难，这似乎也是一个不容忽视的问题。

【辛德勇】

所谓“繁体字”，确实是令很多人望而却步的障碍，但阅读繁体字书籍，实际上远没有看上去那么困难。关键在于你是不是真的喜欢阅读。喜欢的话，稍微多看一点儿，自然而然地就学会了，而且会学得很快，很容易。

我小时候上学，当然学的也都是“简化字”，但当时即使是在像我这样的普通人家，能够看到的书还多是简化字推行前印行的繁体字本，所以从小学时起，就在课外读繁体字的书籍。因为喜欢读书，书吸引着自己去读，特别是读小说，不知不觉也就把字大体认出来了。从来没有人教过，自己也没有专门学过繁体字，读起来和简化字是没有多大差别的。

过去遇到过一位本科学理科的年轻朋友，想考历史地理专业的研究生。这位朋友和我说，不认识繁体字，这辈子恐怕是没有可能了。我告诉他，繁体字不像你想象得那么难，只要想学，应该很快就能看懂繁体字。两个星期以后，他告诉我，读繁体字书，确实能够看懂个大概了。后来，这位朋友顺利走入专业研究领域，并没有被繁体字拦住。

繁体字不仅不会成为社会大众阅读古代经典的障碍，还是领略中国古代文化必由的阶梯。因为汉字是象形文字，字义和字形是紧密结合在一起的，字形的简省，必然会影响到对字义的理解，至少会减损理解字义的深刻性和丰富性。谈到这一点，社会上一些反对者往往会很不理性地说，那你为什么不把汉字恢复成甲骨文？事实上，在简化之前的所谓“繁体字”，是文字自然演化的结果，而自然的，就是符合历史发展规律的，字形和字义的演进也是有规律可寻的，汉字简化则是由于人类认识的局限性而犯下的一个愚蠢错误。甲骨文是被历史发展自然淘汰掉的字形，而所谓“简化字”则是人为强制颁行的字形，二者的产生过程，是有本质性差别的。当初推行简化字，主要是在手写的情况下，以此来改进汉字的书写速度，但现在主要用电脑书写，笔画多少已经不影响录入的速度。所以，本应尽早改正，恢复汉字的本来面目，而且越早越好，越早麻烦越少。现在虽然一时还做不到，但多读一些繁体字书籍，对中国文化的传承和发展是有利无害的。

即以《史记》为例，你读中华书局的繁体竖排本，才能充分、具体、准确地领略和体味它的丰富内涵。现代选注本不行，白话翻译本更不行。

【中国青年报】

那么，你能不能举述具体的例证，来说明简体字版会出现严重影响原文含义的情况？

【辛德勇】

好的。具体阐释这一问题，会比较复杂，我想无法在这里展开论述，但不妨本着“每下愈况”的原理，举一个突出的例子来简单说明这一点。

《史记·陈涉世家》记载陈胜率领众好汉造反的事迹，是很多普通读者都有所了解的，一开头就说：

> 二世元年七月，發閭左適戍漁陽。九百人屯大澤鄉。陳勝、吴廣皆次當行，爲屯長（这是按照中华书局旧点校本做的标点，新点校本读作“發閭左適戍漁陽九百人，屯大澤鄉”，我觉得不如旧读更为妥当）。

要是转换成现在国家规定的简化字，就成了：

> 二世元年七月，发闾左适戍渔阳。九百人屯大泽乡。陈胜、吴广皆次当行，为屯长。

在这里，“適”被变成了“适”。“適”字在古代是一个与“适”不同的字，有的时候是可以和“适”字通用的，一般是用作“去往”的语义，今读作 shì。在这一意义上简化字用“适”来覆盖掉“适”字，是可以对付着用的。可是“適”还有一个用法，是与“谪”字相通，表示责备、责罚、惩罚的意思，今读作 zhé，就不能用“适”字来表示。被语文教学和出版编辑行业奉为金科玉律的《现代汉语词典》上，“适”字就没有这个意思。可是，司马迁写《史记》的时候，偏偏用的就是这个“谪”的语义。我不知道在人们以简化字来写这一段的时候是如何处理的。写成原样的“適”就不是简化字本了，写成国家法定的“适”又完全不符合原文的意思。当然也可以写成个“谪”，这样和原文原意更接近一些，但这就等于改写了，更彰显出简化字的窘迫。

【中国青年报】

你说能不能看懂繁体字，关键在于人们是不是真的喜欢阅读，这个说法很特别，能不能就此再做一些解释？

【辛德勇】

其实不仅是繁体字问题，还包括大众阅读是不是需要阅读中华书局点校本附带的《史记》“三家注”这一问题。

现在许多人上学念书受教育，只是被动地等老师来喂食，人称“填鸭”。这样的人对阅读本来就没有什么兴趣，要的只是上课带来的功利性结果，即只是把学历、文凭当敲门砖用，当然一看老师没教过的繁体字就头疼，其中有些人看别人写繁体字便撒泼骂街，甚至满地打滚儿乱叫唤。因为这会显示出他太无知，也太蠢了。

真心喜欢读书的人，阅读的动力，源自求知的欲望。这种求知的欲望，自然会吸引你去读更接近原样的繁体字本。因为一心想要求知，就要尽可能对《史记》的内容做出确切的理解，为此，也就不能不利用前人对《史记》的注解。

中华书局点校本《史记》，附有三种古代注释《史记》最重要的著述，即南朝刘宋裴骃的《史记集解》，唐朝司马贞的《史记索隐》和张守节的《史记正义》，这就是所谓“三家注”，早已和《史记》本文合为一体。读中华书局点校本，同时根据自己的需要而选读“三家注”的内容，应该说是大众阅读《史记》最合理的方式。

我在涵芬楼书店讲演时说自己在高中时就大体上翻阅了一遍中华书局的旧点校本《史记》，同时还看了中华书局点校本《汉书》。由于我后来专门做文史研究，或许有人以为这是在为将来深造做准备。其实我当年完全没有做专业文史研究工作的打算。那时的情况，是根本不敢对自己的命运有什么高远的奢望。最切实的愿望，是到副食品商店做个售货员（这是很难求得的职位），因为可以多买到些猪头肉什么的下酒。偶尔胡思乱想，若是幻想到有朝一日能靠笔杆子生活，想到的乃是做个诗人。因此，当年我那样阅读《史记》，只是为满足自己的兴趣，是地地道道的“大众阅读”。

要想满足自己的兴趣，遇到读不懂的地方，自然会去参看“三家注”的解释。我想，对每一个真心求知的读者，这都是自然而然的事情。现在人们的读书条件比我当年要好过不知多少倍，一定会有很多人出于求知的兴趣而去阅读原汁原味的《史记》。

【中国青年报】

可否请你再具体谈一下《史记》“三家注”对拓展《史记》的大众阅读所能起到的作用?

【辛德勇】

由于“三家注”成书时间早，能够看到的资料比今天要多很多，同时做注的人离《史记》成书的年代比我们近，更贴近书中纪事的内容，这些注解对后人阅读和理解《史记》具有非常重要的参考价值，现代人注解《史记》也都是以这“三家注”作为最重要的基础和依据。所以，在阅读《史记》时根据自己的需要，同时参阅“三家注”，会使我们对《史记》的理解具体很多，也深入很多。

下面，我们就还是以刚才举述的那一段《史记·陈涉世家》的文字为例，来说明这一点。

在“发闾左适戍渔阳。九百人屯大泽乡”这两句话的下面，“三家注”本有如下注解（今中华书局点校本注解的位置，与“三家注”原本已经有所不同）：

史記四十八

陳涉世家第十八

陳勝者，陽城人也，字涉。吳廣者，陽夏人也，字叔。陳涉少時，嘗與人傭耕，輟耕之壟上，悵恨久之，曰：苟富貴，無相忘。傭者笑而應曰：若為傭耕，何富貴也？陳涉太息曰：嗟乎，燕雀安知鴻鵠之志哉！二世元年七月，發閭左適戍漁陽，九百人屯大澤鄉。陳勝、吳廣皆次當行，為屯長。會天大雨，道不通，度已失期。失期，法皆斬。陳勝、吳廣乃謀曰：今亡亦死，舉大計亦死，等死，死國可乎？陳勝曰：天下苦秦久矣。吾聞二世少子也，不當立，當立

南宋建安黄善夫书坊刊印三家注本《史记》

【集解】徐广曰：在沛郡蕲县。

【索隐】闾左谓居闾里之左也。秦时复除者居闾左，今力役凡在闾左者尽发之也。又云，凡居以富强为右，贫弱为左。秦役戍多，富者役尽，兼取贫弱者而发之者（案今中华书局点校本脱此“者”字）也。适音直革反，又音磔。故《汉书》有七科适。戍者，屯兵而守也。《地理志》渔阳，县名，在渔阳郡也。

【正义】《括地志》云：“渔阳故城在檀州密云县南十八里，在渔水之阳也。”

这些注解，有地理，还有制度。在地理方面，注明了陈胜、吴广起事的地点“大泽乡”和准备去往的戍守驻地“渔阳”在哪里。这样，我们只要查看一下谭其骧先生主编的《中国历史地图集》的秦代部分，马上就可以知晓其相对方位关系。在制度方面，《史记索隐》试图阐明陈胜、吴广这些“闾左”到底是些什么人。这个问题比较复杂，《史记索隐》的说法不一定合理，但它告诉我们“闾左”的居住空间是在“闾里之左”，同时还告诉我们“适戍”的“适”字读作“直革反”（用“直”的声母和“革”的韵母相拼），或是发音与“磔”相同（即前文所说，读作今之zhé 音），而且指出“适戍”与《汉书》记载的“七科适”或许具有关联。这些内容都很重要，读后可知“适戍”的大概性质，即一些居住在闾里左侧的民众，因某种原因受到朝廷的惩处，从而到远方去戍守边疆（过去我曾写过一篇题作《闾左臆解》的文章，就是从这“三家注”出发，判断“闾左”应是脱离原籍流徙到他乡的“亡命之徒”）。要是没有这些注解，人们甚至几乎无法知晓这里写的是些什么话。

【中国青年报】

按照你的想法，对《史记》做这样的大众阅读，读者对很多具体的文句，往往会产生疑问，这是不是就涉及更具体的文本校勘问题？

【辛德勇】

情况确实是这样。这一方面是由于《史记》在漫长的流传过程中，产生很多文字讹误和歧异，校勘取舍，一时难以取得定论；另一方面，即使文字没有出入，但句读的划定，有时也颇费斟酌，不易达成共识。

另外，必须加以说明的是，现在有些人在阅读古代典籍时总希望别人校勘出一部定本来给他看，有些不负责任的出版商，也拿“最终定本”之类的幌子乱招摇。但对于大多数古代典籍来说，这样的定本是不存在的，像《史记》这样的早期著述尤其如此，没有人能够毕其功于一役。有这种想法的读者，若不是缺乏相关知识，就还是如上面所说，对读书求知，实际缺乏兴趣。

这次中华书局新修订的点校本《史记》，在每卷末尾附有校勘记，对重要的勘改和主要异文，都有说明。这些校勘说明，可以帮助读者更好地阅读和利用《史记》。和“三家注”一样，人们在阅读《史记》正文时不一定都需要看，也可以根本不看，但觉得必要时，就可以选择相应的条目看一下，以获得自己需要的信息。

【中国青年报】

你的这本《史记新本校勘》，针对的对象，是中华书局新修订的点校本，那么，是不是这个新点校本在校勘上存在很大问题，非予以订正不可？

【辛德勇】

就像我刚刚说的，古籍校勘，通常都很难做到尽善尽美，《史记》的校勘更是谁也无法毕其功于一役，需要前后相承，持续不断地做出新的努力。因而，后做的人对别人业已做出工作提出新的修订意见，是必然的事情，也是很平常的事情。

中华书局的新点校本《史记》，较诸旧本，有许多新的校勘成就，但也有一些处理意见可以进一步斟酌。正是基于中华书局点校本相对比较完善，不管是对于专家，还是对于大众读者，它都具有较高的权威性，我才在前面反复向大家推荐这一版本；也正是由于它是目前人们阅读《史记》首选的通用版本，一旦存在问题，负面的影响也会很大，所以我才提出自己的看法，供广大读者参考。

其实我这本《史记新本校勘》，其中有很大一部分内容，可以说本来就是中华书局新点校本修订过程中的产物，是我应中华书局邀请而做的工作。它和新点校本是相辅相成的，不应把二者对立起来。

就像读《史记》“三家注”和中华书局点校本的校勘记一样，在阅读《史记》的过程中，如果有的读者觉得需要更进一步思索相关的文句，就可以翻检我的《史记新本校勘》，自己去寻求合理的解读，获取内在的文义。

【中国青年报】

这样看来，《史记新本校勘》和《史记》的大众阅读还是具有密切关联的。那么，你能不能举述一个具体的例证，让人们直观地了解这种关联？

【辛德勇】

好的。下面我就从一个众所熟知的成语——“约法三章”说起。这个成语，在中国几乎尽人皆知，“大众”得很，不管他受过多少教育。

这个成语的出处，是《史记·高祖本纪》。中华书局的旧点校本和新点校本正式出版前印行的“征求意见本”，对它的原文，都是读作“（刘邦）与父老约，法三章耳”，但正式出版的新点校本，却采纳我的意见，将其合为一句连读，作“（刘邦）与父老约法三章耳”。一些人对这一变化，可能不一定理解，而要想了解具体的缘由，就需要看我的论证过程，读《史记新本校勘》的相关条目。

旧点校本的标点形式，是把“约”字解作“约定”，这和现在我们使用“约法三章”这一成语时的涵义是相同的。但后世的用法，并不一定符合其固有的语义，这是词语演变过程中常有的情况。司马迁在《史记》中的本义，是把这个“约”字用为“减省”之义，亦即大幅度减省秦人繁苛的法律条文，仅存“杀人者死”和“伤人及盗抵罪”这“三章”而已。这看起来似乎很简单，只不过是多一个逗号，少一个逗号的事儿，实际上却关系到秦汉政治史、法律史和学术发展史的很多基本问题。和《史记·高祖本纪》一并阅读拙著，才能更准确地理解《史记》的内容，有更多实实在在的收获。

青春的纪念：我的本科毕业论文和我的大学时代

前些天，在涵芬楼书店和热心读者见面，交流过程中有小朋友问起我硕士和博士毕业论文的情况，我一高兴，就干脆从自己的学士学位论文讲了起来。交流么，和年轻人谈话，就谈谈年轻时候的事儿。谁还没年轻过。

其实，说起我的本科毕业论文，这事儿有一段时间了。

过新年，一看 2018 那个“8”字，就想到了难忘的 1978。比这个 1978 年再早二十年，是 1958 年。当时举国狂乱，“大跃进”、大炼钢铁，爸妈却忙里偷闲开了一会儿小差，于是造就了我。

生不逢时。即使是在漫山遍野大豆高粱的东北，在 1959 年秋天那个收获的季节，也是没吃的。饿的妈妈两腿浮肿，眼睛里往外直冒金星，可我咬住奶头就不放，天生一副饕餮相。她难受，我当时虽然还没记性，但吃不饱，肯定也不是个滋味。

口腹之饥并没有持续很久，但直到 1978 年的春天，一直都处在精神的饥渴和压抑之中。我生日在 8 月。这时我十八周岁过了，十九周岁还没到，和现在的高中毕业生年龄基本相仿，可接受的基础教育，却完全不可同日而语。幼儿园没上过，刚上小学没几天，就开始了轰轰烈烈的“无产阶级文化大革命”。“文革”结束，我中学也就毕业了。所谓“十年动乱”全体验，一天也没落下。形势最混乱的时候，父母送我到乡下的亲戚处住了将近一年，完全没有上课，也没有书读，成了地地道道的野孩子。再加上我生性不愿趋附于权势，常常为同学打抱不平惹恼老师，心不顺，就干脆休学回家帮妈妈做家务。这样从小学到中学，不算因“文革”动乱而避居乡下的一年，其他正式请假脱离教室的时间累计还有两年左右，初二整整一个学年就是这样在家里度过的。中小学的学校教育到底给了我多少正面的东西，实在是天知道的事情。

1977 年夏天，在海拉尔市高中毕业，先是留在原来的中学“寄居”过几天，接着“上山”到大兴安岭林区做过几天林业采伐方面的零活儿，后来又回到海拉尔市当过几天初中的“临时工”教员。边陲小地方，天下大事，预先也什么消息都不知道。直到有一天，冻雷一声震天响，国家正式宣布要恢复高考了，这才知道，可以去考大学，一辈子读书，一辈子求知问学。入学考试，是在 1977 年底天寒地冻的时节，进入校园学习，则是 1978 年的春天。现在，正好是我们七七级大学生进入大学校园四十周年。正因为是一个有纪念意义的年头，我才想到了自己的大学毕业论文。

上大学本来是想学中文的，实在不行也去学个历史。爸爸希望我去学财经，妈妈希望我学医，哥哥鼓励我学建筑。因为数理化成绩一向都很好，中学的老师大多数希望我去学理科。可我还是坚持自己的想法，报的中文或历史。没想到大学十年没招生，官员们竟然搞不清学科分类，把我招到哈尔滨师范学院（我们入学后才改名为“哈尔滨师范大学”）学习地理学，结果一上来就是高等数学，还有物理、化学、生物。乍一看，都是让人伤心泪下的科目。

系主任堂堂正正地向我们这些本来是报文科的新生宣布：地理学在张大帅的时候是理科，国民政府的时候是理科，伪满洲国的时候也是理科，光复后还是理科，新中国依然是理科，直到“文革”，一直都是理科！

学文的心不死，大一一年，把课外时间，都给了中国古典文学。

两条战线，同时作战，当然不是很轻松的事情。为了保持旺盛的精力，首先拼命锻炼身体。一年到头，最基本的体育活动，是每天早晨五点半起床，跑步五千米；晚上图书馆归来，先练半个小时哑铃操，再到水房浇上三盆冷水。四年如一日，雷打不动，就这么过来了。其他的锻炼，还有很多，譬如夏天游泳，每天至少在一个小时左右，不论冬夏一周有四五天要打一小时左右的排球，等等。

即使是这样，脑子还是很累。同时也意识到，自己生性拙朴，对文学其实缺乏感觉。正在这时，我上铺的老大哥假期过后从杭州老家返校，带来一套杭州大学地理系的研究生考题，其中包括陈桥驿先生的历史地理学试题。一看这，既有古代文史知识，又能将就正在学的专业地理学，对自己比较适合，自己也许能行。于是，就选择了历史地理学，作为自己努力的专业。

反正从上小学就是一直以自学为主，围绕着研究生入学考试和将来的研究需要找书来读。

先是古代汉语。本来想学古诗文时最先学的就是这门知识，已经有相当基础。进一步做的，只是到历史系偷着听一小段时间“历史文选”课老师讲的《左传》，收益实在不大，听听也就算了。

其次是中国通史，找书自己读，这个也简单。但考虑到学历史必须了解一定的考古学知识，这个没老师教，自己读书实在有些困难，便想到历史系去听听课。

现在大学的小朋友们不知道自己有多么幸福。在一定范围内，可以转系转专业，可以读双学位，可以随意选修自己喜欢的课程，更能够随便旁听任何一个老师的课程。我那个时候，校园里到处张贴有“组织”的告示，严禁那些不安心“专业思想”的同学到外系听课，干扰“正常的教学秩序”。听个课，也得像做贼一样。

哈尔滨师大历史系当时并没有专职的考古学教师，请来讲课的，是黑龙江省考古队的张太湘先生。张先生好像是毕业于西北大学，人很爽快，也很热情，听了我的想法，告诉我不要声张，坐到后排没人注意的角落偷着听就是了，有什么问题还可以私下向他提出来。这样我就系统地听完了张先生讲的考古学概论。这是我在大学期间唯一听全的一门历史系的课程，后来写作的本科毕业论文，也与这门课程的内容有很密切的联系。

在学习必备基础知识的同时，我也就自己所知所能，努力搜集、阅读一些中国地理学和中国历史地理学方面的研究著述。历史地理学的著述，很多看不懂，只能看个大概，但为了将来更好地学习和研究中国历史地理问题，对中国自然地理知识的学习，还是投入很大精力。例如，《地理学报》上发表的有关中国自然地理的重要论文，不仅都已阅读，而且基本上都做过笔记。

大致就是从我选择历史地理学专业时起，开始尝试与历史地理学界一些能够招收研究生的前辈联系。先后写信求教的先生，包括史念海、谭其骧、侯仁之、石泉等人。其中史念海先生先后给我写过十几封信，一一解答我提出的问题，这给我以很大的鼓励。

最后报考研究生时决定投入史念海先生门下，除了筱苏（史念海先生字筱苏）师对我的帮助和鼓励之外，还有其他一些因素。

首先在外语方面。我读本科，只学过日语，英语虽然大二时起就一直在自学，但语言能力很差，到现在也没学会。按照招生简章的说明，当时只有史念海先生对考生的语种要求不限于英语，日语也行（读研究生以后才知道，招生简章都是行政部门随便写的，其实只要和导师联系，通常随便哪一门外语都行）。

其次是研究的方法。读过筱苏师的论文集《河山集》以后，我觉得自己没有受过历史学的专业训练，文史基础知识欠缺太多，要想像谭其骧先生那样深入考辨很具体的古代地理问题，是根本做不到的，而筱苏师关注的问题，主要是大的历史地理格局，侧重大区域研究，这种方法，对我是比较合适的；这样的方法，也是当时我所喜欢的。现在很多年轻的朋友考研究生和大学本科差不多，只注重名校，这和我们当年有很大不同。我们更注重名师，而且注重在名师中选择对自己最合适的老师。

由于已经确定要以历史地理学作为自己一生从事的专业，到写本科毕业论文时，我就决定写一篇历史地理学内容的文章，来作为初步的练习。而具体怎样写，则只能什么方便就写什么，这没有多大选择的余地。当时不管是客观的条件，还是主观的基础，都不具备具体搜集史料来做文章的可能。按照当时的认识，我心目中的历史地理学研究，也更倾向于大区域地理特征的揭示和描述。

于是，我想到模仿筱苏师的一篇论文——《石器时代人们的居地及其聚落分布》来做初步的练习。筱苏师这篇论文，发表于1959年，是俯瞰全国，揭示其一般性的规律和特征。按照同样的思路，我把观察的范围，仅限于东北地区，题之曰《试述石器时代东北地区的聚落》。在材料上，从20世纪50年代末到我写毕业论文的80年代初，三十年间，增加了很多新的考古发现，东北地区石器时代人类聚落的新发现更有明显增加。这样，就会在东北这一具体区域上较诸以往展现出更多的细节，从而归纳出更为清晰的区域特征，而区域特征是地理学始终需要面对的一个最基本的问题。

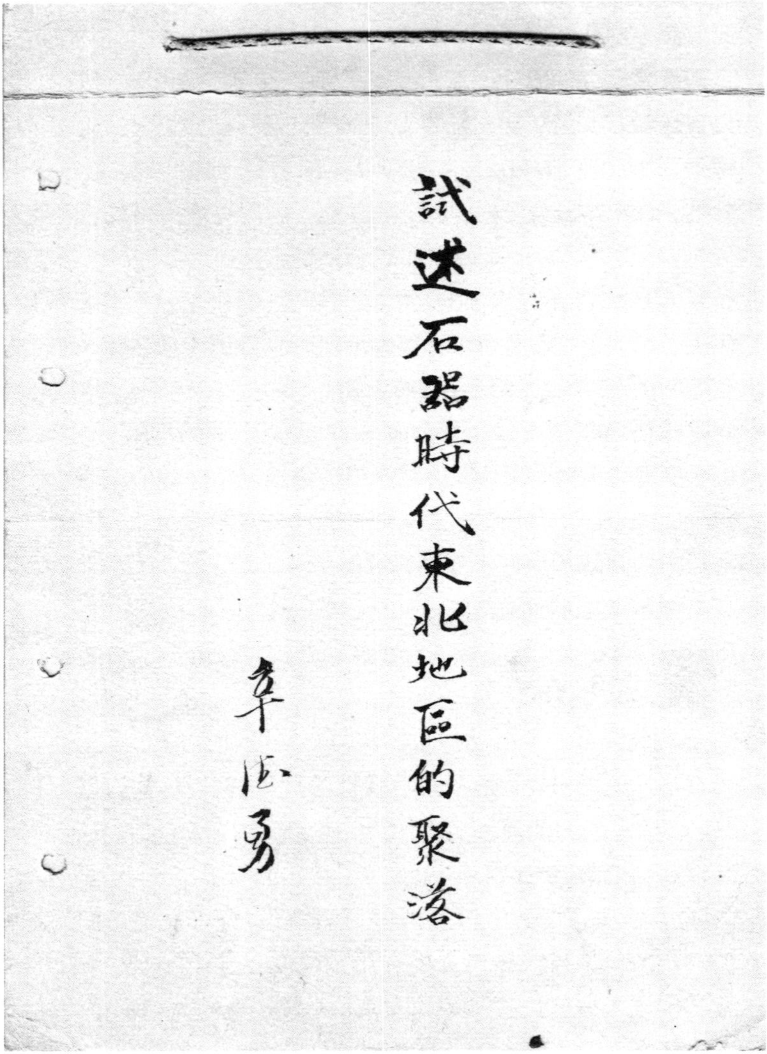

哥哥为我本科毕业论文题写的封面

当然这只是理论上的可能，实际上由于我自己的无学无知，并没有做出任何有意义的结果，只是摆出了个做研究的基本架势，并努力走完了这一次尝试的历程而已。在这里，结合我后来的研究实践，稍微值得一谈的，有如下三点。

第一，选择这一个题目，与我在历史系偷听张太湘先生讲授的考古学概论课程有一定关系。大家可以看出，从写这篇习作开始，我就很关注考古学的发现和进展——尽管我并不赞成动不动就想通过考古新发现来颠覆传世史料记载的想法和说法。

第二，我在这篇习作中努力做了一些量化的统计分析，这是因为在本科学习阶段，系统地上过数理统计的课程。这样的分析，并不成功，甚至显得很傻。我在后来的研究中很少使用统计学方法，是因为自己很不喜欢，觉得它不仅无趣，还很无聊。

第三，为写这篇文稿，我特地去家乡附近的扎赉诺尔蘑菇山旧石器时代遗址做了考察。在山上检到几块可能是旧石器的石块，还捡到两件古生物化石（像羊头或是牛头）。真实的体会是：外行乱跑不会有多大具体的收获，若非接受专门的训练，在同样的时间内，还是老老实实看书，会取得更多、也更实在的学术认识。

在正式报考筱苏师之前，我们系有一位教水文的老师，去陕西师大地理系开会。我托他把誊写好的文稿，带给筱苏师看看，以示自己一心向学的志愿。

筱苏师待人接物很老派，通常一是来者不拒，二是对来访的客人一定要回访。我们系这位老师不懂规矩，觉得史老先生到招待所来回访他，他不再去看看不好意思，于是筱苏不得不再次回访。结果，竟害得筱苏师连着去招待所看了他三次。弄得这位老师大为感动，讲话就难免有些夸张，回到哈尔滨后和许多人说："史老先生看了辛德勇的毕业论文后，特地到招待所去，对他一拍大腿

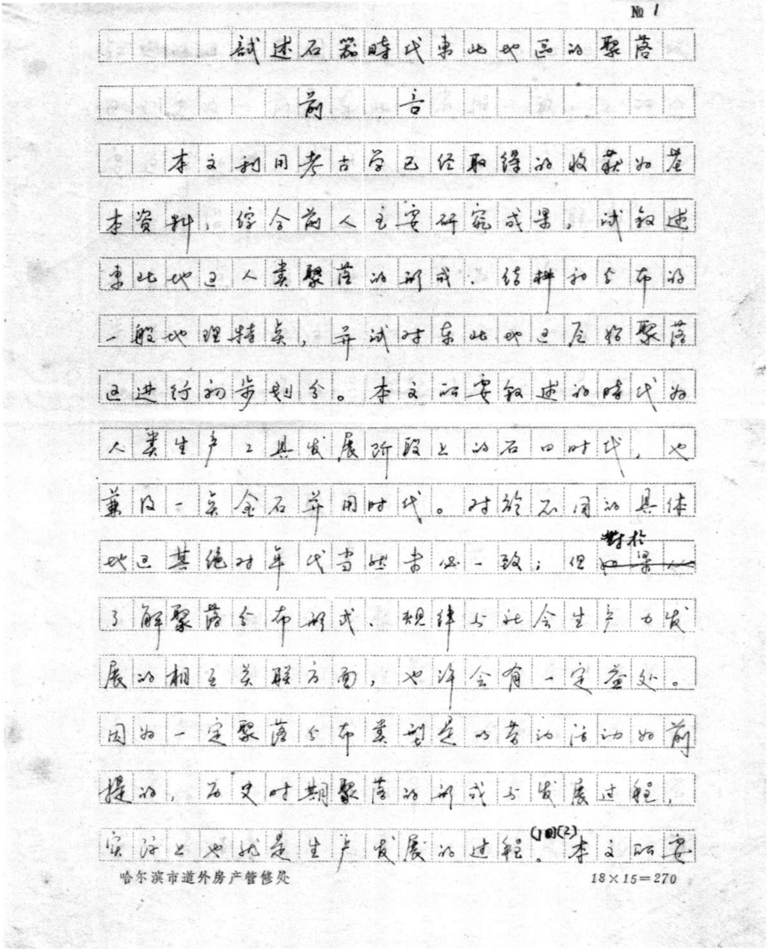
No 1

试述石器时代东北地区的聚落

前言

本文利用考古学已经取得的收获为基本资料，综合前人主要研究成果，试叙述东北地区人类聚落的形式、结构和分布的一般地理特点，并试对东北地区原始聚落区进行初步划分。本文所要叙述的时代为人类生产工具发展阶段上的石器时代，也兼及一点金石并用时代。对於不同的具体地区其绝对年代当然尚不一致；但对於了解聚落分布形式、规律与社会生产力发展的相互关联方面，也许会有一定益处。因为一定聚落分布类型是以当时活动为前提的，历史时期聚落的形式与发展过程，实际上也就是生产发展的过程。(1)(2)本文所要

哈尔滨市道外房产管修处　　18×15=270

本科毕业论文首页
（用的是哥哥当时工作单位的稿纸）

说：‘你回去和辛德勇说，他这个学生我招了！’”从我后来在身边跟随筱苏师十年的经验来说，筱苏师是绝对不会在人面前拍大腿的，同时也绝不会以这种口吻讲话的。前些天，中华的《掌故》向我约稿，我半开玩笑地说，以我的经验而言，谈掌故，许多都是不大可靠的。这个故事，也是其中的经验之一。

不过通过这篇习作，筱苏师确实是看到了我认真做事的诚恳态度和想要学习历史地理学的诚心。尽管这篇习作即使是在形式上也都还很粗糙，存在不少明显的缺陷，实质内容更不敢和名校的大学生以及现在的小朋友比，但当时看书查资料都比现在困难得多。复印资料，对于一个本科生也是很重的负担；加上学校图书馆条件差，还不得不跑去黑龙江省图书馆查了很多次资料，连乘公共汽车的费用都很拮据。再说并没有任何老师能给我做具体的指导，自己瞎揣摩，能做到那么一个程度，我确实是付出了很大努力。这一点，一定给筱苏师留下了很深的印象。

回想自己的大学生活，除了身体一天比一天显得粗壮，太阳晒得人一天比一天黑，从而也就显得比上山伐木头时更没有文化之外，四年读书生活，留下的有形的印记，只有这篇本科毕业论文了。因而，现在到了五四，到了这个青年人的节日，不能不想到它。附带说一句，靠这篇东西，混到手的，是“理学学士”学位。

2018 年 5 月 4 日

图书在版编目（CIP）数据

看叶闲语 / 辛德勇著 .— 杭州 : 浙江大学出版社, 2019.11（2020.6重印）
（近思录）
ISBN 978-7-308-18587-5

Ⅰ. ①看… Ⅱ. ①辛… Ⅲ. ①随笔—作品集—中国—当代 Ⅳ. ①I267.1

中国版本图书馆CIP数据核字（2018）第202075号

看叶闲语
辛德勇　著

责任编辑　王荣鑫
责任校对　宋旭华
封面设计　项梦怡
出版发行　浙江大学出版社
（杭州天目山路148号　邮政编码：310007）
（网址：http://www.zjupress.com）
排　　版　浙江时代出版服务有限公司
印　　刷　浙江海虹彩色印务有限公司
开　　本　880mm × 1230mm　1/32
印　　张　6
插　　图　4
字　　数　145千
版 印 次　2019年11月第1版　2020年6月第2次印刷
书　　号　ISBN 978-7-308-18587-5
定　　价　42.00元

版权所有　翻印必究　　印装差错　负责调换
浙江大学出版社市场运营中心联系方式：（0571）88925591；http://zjdxcbs.tmall.com